LA PROMENADE SOUS LES ARBRES

Du même auteur:

L'Effraie et autres poésies, Gallimard
L'Ignorant, poèmes, Gallimard
Eléments d'un songe, proses, Gallimard
L'Obscurité, récit, Gallimard
Airs, poèmes, Gallimard
Poésie 1946-1967, collection Poésie, Gallimard
Paysages avec figures absentes, proses, Gallimard
La Semaison, carnets 1954-1967, Gallimard
A travers un verger, prose, gravures de Tal Coat, Fata Morgana
A la Lumière d'hiver, poèmes, Gallimard
Journées, carnets 1968-1975, Payot/Lausanne
Les Cormorans, prose, gravures de Denise Esteban, Idumée
Beauregard, proses, gravures de Zao Wou-Ki, Maeght

Gustave Roud, présentation critique, Seghers
L'Entretien des Muses, chroniques de poésie, Gallimard
Rilke par lui-même, présentation critique, Seuil

ISBN 2-88453-017-7
© 1988 et 1996, La Bibliothèque des Arts,
Lausanne et Paris
Droits de reproduction réservés pour tous pays

PHILIPPE JACCOTTET

LA PROMENADE
SOUS LES ARBRES

LA BIBLIOTHÈQUE DES ARTS

A Monsieur et Madame Henry-Louis Mermod

LA VISION ET LA VUE

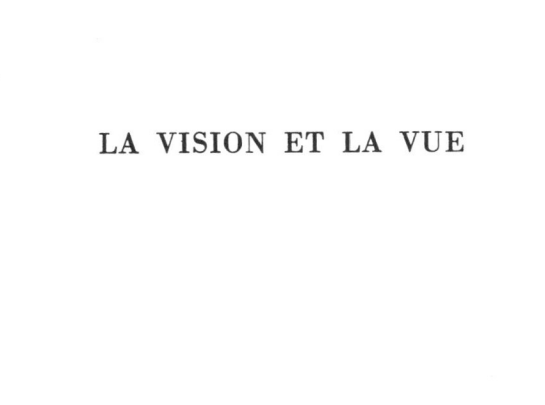

> *Plus notre être devient transparent à la lumière, plus lui sont imparties de vérités.*
>
> (A. E., Le Flambeau de la Vision.)

Il y a plusieurs années que j'essaie de cerner, dans l'intention de la relater et de la commenter, ce que je dois bien appeler une expérience poétique, même si cette expérience n'est aucunement comparable, pour l'intensité, l'étendue ou la qualité, est-il besoin de le dire, avec celle de quelques grands poètes, Novalis, Hölderlin ou Rilke par exemple, qui se penchèrent déjà sur son secret, de telle sorte qu'on pourrait se demander pourquoi je n'ai pas la décence de m'en référer plutôt à eux ; question à laquelle il sera répondu plus loin ; en fait, sans la coïncidence du désir d'un éditeur ami avec mon intention confuse, j'aurais peut-être abandonné ce projet depuis longtemps.

Si je me livrais à de vagues et brèves réflexions, si j'interrogeais des souvenirs, si je prenais même quelques notes, c'était d'abord avec l'espoir de répondre à une question extrêmement simple, qui ne concernait que ma propre vie, et nullement pour écrire un livre. Ce point de départ vraiment simple, il ne m'est pas difficile de l'indiquer en quelques mots. J'étais parvenu à ce moment de la vie où l'on prend conscience, ne serait-ce que par moments et confusément, d'un choix possible et peut-être nécessaire ; et quand je songeai à trouver un critère qui me guidât dans ce choix, tout appui extérieur me faisant défaut, je ne vis guère que mon sentiment d'avoir vécu, certains jours, mieux, c'est-à-dire plus pleinement, plus intensément, plus *réellement* que d'autres ; et je découvris peu à peu que ces jours, ou ces instants, chez moi, étaient liés, d'un lien qui restait évidemment à définir, à la poésie ; très simplement, que j'avais eu envie d'écrire des poèmes, somme toute, à chaque fois que j'avais vraiment, selon mon sentiment, vécu. J'en vins à imaginer, pour dire les choses rapidement d'abord, quitte à y revenir plus tard, que la réalité était comme une sphère, dont nous parcourions le plus souvent les couches superficielles, dans le froid, l'agitation et le détachement ; mais qu'il nous arrivait cependant, à la faveur de certaines circonstances sur lesquelles il me faudrait également revenir, de nous rapprocher de son centre ; de nous sentir alors plus lourds, plus forts, plus rayonnants ; et enfin, pour moi, d'éprouver du même coup l'attrait de l'expression poétique ; à partir de quoi je pus imaginer aussi, toujours rapidement et confusément, qu'il y avait dans cette expression quelque chose qui la rendait plus particulièrement apte à s'appliquer aux couches profondes de notre vie, sinon à adhérer au centre même du réel.

Cette image était si simple, si claire qu'elle pouvait emporter aisément la conviction. En fait, et c'est là le point de départ du livre, il s'est agi pour moi, à ce moment-là, de savoir, simplement, si je ne me trompais pas. J'allais confier en effet beaucoup de choses, et même le sort d'une ou deux personnes, à de vagues entrevisions, à des impressions sans doute très intenses, très profondes et d'une nature tout à fait distincte, mais tout de même fort incertaines et difficiles à évaluer. Il s'agissait d'être prudent, méfiant même ; et d'autre part, je le savais, le doute ne pourrait à aucun moment être écarté ; chaque fois en effet que je penserais avoir trouvé une espèce de preuve, une voix me dirait que je l'avais trop désirée, cette preuve, pour ne pas la trouver un jour ; que je ne pouvais en aucun cas être un juge impartial ; que j'allais être simplement l'avocat d'une passion plus ou moins coupable. C'est bien ainsi, en effet, que les choses se passèrent.

Quelques années se sont donc écoulées depuis que j'inaugurai cette série de questions dont la première était si simple ; le livre projeté changeait de forme en même temps que changeaient mes pensées, et ma vie. J'avais d'abord envisagé de remonter aux sources temporelles de la poésie ; comme toujours, ce projet ne s'était pas formé en moi sur une réflexion sérieuse, mais sur des impressions que j'avais alors, particulièrement devant les statues égyptiennes et sumériennes ; je me demandais pourquoi elles me fascinaient infiniment plus que Michel-Ange, Rodin ou n'importe quel sculpteur des temps modernes ; pourquoi aussi, d'ailleurs, elles tendaient à devenir de plus en plus vivantes dans nos musées, alors que les autres, pourtant plus proches de nous dans le temps, ne nous parlaient plus ; je voulus savoir si la littérature de ces époques n'avait pas produit d'œuvres comparables, je lus des contes et des poèmes égyptiens, des rituels d'Assur, des épopées babyloniennes (que la traduction rendait inévitablement plus pâles que les œuvres d'art, encore grandies, elles, par l'usure et la distance). C'était là, d'ailleurs, une curiosité devenue fort banale en ces années ; mais le temps, les connaissances et les forces me manquèrent pour une enquête si vaste, dont je n'avais pas fait les premières démarches que je l'abandonnai.

De poètes plus récents, tels que ceux que j'ai cités plus haut, et de Hölderlin en particulier qui, l'un des premiers parmi les esprits modernes, connut et surtout questionna la fascination des origines, je tirai peut-être davantage ; et il faudra que je revienne un jour sur les quelques images que ce poète incomparable m'a laissées ; pourtant, là aussi, je m'arrêtai assez vite en chemin ; ma propre vie avait sans doute pris plus de force, m'imposait des limites et en même temps me nourrissait davantage. Alors, j'ai cru bon de m'y borner, pour un temps au moins ; de restreindre ainsi le champ de mon investigation afin d'aller plus profond avec moins d'incertitude. Finalement, même l'expérience d'un Hölderin ne pouvait que me demeurer en quelque façon étrangère, extérieure, je devais la laisser simplement présente à l'horizon avec quelques autres qui m'avaient plus particulièrement touché et instruit. (Et quand je la reprendrais, sans doute serait-ce aussi avec plus de profit). Tout ce que je risquais, c'était évidemment de retomber au bout de longs efforts hésitants sur des « vérités » cent fois découvertes et redécouvertes et, sans nul doute, beaucoup mieux définies chez mes « prédécesseurs ». Mais, pour quelque puissante raison, il ne me fut pas possible d'en agir autrement.

C'est à peu près à ce moment-là de mes tâtonnements, alors que le livre à faire hésitait entre le recueil d'observations, le discours solennel, la polémique et la confession, que, favorisé d'un bonheur dont je devrais être confus mais dont je suis seulement reconnaissant à qui de droit, je fus saisi, plus violemment et plus continûment surtout qu'autrefois, par le monde extérieur. Je ne pouvais plus détacher mes yeux de cette demeure mouvante, changeante, et je trouvais dans sa considération une joie et une stupeur croissantes ; je puis vraiment parler de splendeur, bien qu'il se soit toujours agi de paysages très simples, dépourvus de pittoresque, de lieux plutôt pauvres et d'espaces mesurés. Or, cette splendeur m'apparaissait de plus en plus lumineuse, aérée, et en même temps de moins en moins compréhensible. De nouveau, ce mystère nourricier, ce mystère réjouissant me poussait comme d'une poigne très vigoureuse vers la poésie ; plus il semblait se dérober à l'expression, plus je ressentais le besoin de l'exprimer quand même, comme si le travail que j'aurais à faire sur les mots pour y parvenir allait m'aider à l'approcher, c'est-à-dire, aussi bien, à être de plus en plus réel... Je savais, d'autre part, que la poésie des autres m'avait toujours donné ce sentiment d'une plus grande réalité, de sorte que la mienne propre, si je « réussissais », pourrait le communiquer à son tour à d'autres personnes et contribuer ainsi, dans une faible mesure, à une certaine sorte supérieure de bonheur.

*

(Peut-être devrait-on se borner là. Il semble bien, en tout cas, que les poètes d'autrefois n'aient pas songé à aller plus loin : il leur suffisait d'être émus et de rendre leur émotion contagieuse. On a même le sentiment, quelquefois, qu'ils ont eu raison de s'en tenir là — ils ne pouvaient d'ailleurs imaginer autre chose —, et que c'est ce qui fait leur force, cette force dont nous ressentons aujourd'hui la nostalgie. D'où une sorte de crainte, de mauvaise conscience à essayer d'aller, si l'on peut dire, plus loin. Mais, finalement, on ne peut pas se dérober aux conditions du temps, même si elles exigent, aujourd'hui, que nous nous égarions.)

*

A un moment donné, donc, je n'ai plus pu me contenter d'écrire des poèmes ; il a fallu que j'essaie de comprendre ces émotions et le rapport qui les liait à la poésie. Une curiosité s'était emparée de moi, c'est elle qui m'a fait écrire les quelques textes qui suivent, et m'en fera peut-être écrire d'autres, on ne peut jamais savoir. Ainsi, ces textes ne sont pas des poèmes, mais des tâtonnements, ou parfois de simples promenades, ou même des bonds et des envolées, dans le domaine fiévreux où la poésie, parfois, plus forte que toute réflexion ou hésitation, fleurit vraiment à la manière d'une fleur. Et s'il se trouve que ce domaine, dans ce livre-ci, se confond avec le paysage, il va de soi, mais il vaut mieux le préciser, que ce choix n'est pas exclusif, ni pour moi, ni pour la poésie en général. Qu'il est simplement déterminé par des circonstances personnelles et un désir d'unité.

*

Mais l'histoire de ce livre n'était pas tout à fait achevée, comme ce livre, d'ailleurs, pourrait ne s'achever jamais. Je devais découvrir tout récemment, grâce au numéro 335 des *Cahiers du Sud*, la personne de George William Russell, poète irlandais presque contemporain (1867-1935), et une partie de son œuvre, c'est-à-dire *Le Flambeau de la Vision*, traduit par L.-G. Gros et publié en 1952 par la dite revue. Or, il se trouvait que ce livre, en son début du moins, était celui-là même que j'aurais voulu, et n'avais jamais pu écrire.

George William Russell est plus connu sous les initiales A. E., qui proviennent de ce qu'un prote n'avait pu lire qu'incomplètement le pseudonyme d'*Aeon*, dont cet auteur avait signé l'un de ses articles. Ce que je sais de sa personne est peu de chose, puisque cela se réduit aux renseignements assez maigres qui accompagnent l'édition française de ce livre. Peut-être, après tout, n'est-il pas indispensable d'en savoir plus. Russell, né donc en 1867 à Lurgan (Irlande), comptable et poète, devint par hasard organisateur de sociétés agricoles et joua un rôle important dans le mouvement coopératif et dans la vie politique de son pays. Mais il nous laisse entendre lui-même, dans son livre, que, quelque attaché qu'il ait pu être au destin de sa patrie, les expériences qu'il fit dès sa jeunesse dans le domaine de la poésie furent, de sa vie, la part la plus précieuse. Qu'il ait été, comme on nous le dit encore, l'un des plus grands poètes modernes de l'Irlande, il est impossible d'en juger sur les rares poèmes cités dans le livre que L.-G. Gros a traduit ; en tout cas, son œuvre littéraire est loin d'être inconnue dans les pays anglo-saxons. *Le Flambeau de la Vision* parut en 1918. Russell est mort en 1935. Ces dates sont vraiment surprenantes pour le lecteur d'un livre dont le style modeste, confidentiel et parfois orné évoquerait plutôt la fin du XIXe siècle.

Mais j'en viens maintenant à ce petit livre, et à ce qui d'abord me frappa dans ses pages.

*

Je crois que ce qui m'a émerveillé avant toute autre chose, il faut le dire en un temps qui semble voué à l'obscurité et à la prétention, c'est la simplicité extrême avec laquelle A. E. a choisi de nous transmettre une expérience à plus d'un égard exceptionnelle. On dirait qu'il nous conte des voyages qu'il aurait faits dans sa jeunesse, voyages certes étranges et merveilleux mais dont à aucun moment il ne se glorifie, comme s'il pensait que chacun peut les entreprendre et qu'il n'eut à cela, pour sa part, aucun mérite particulier ; s'il les raconte néanmoins, c'est par une sorte de générosité qui le fait souhaiter d'en donner à d'autres l'itinéraire, afin qu'ils puissent jouir à leur tour des richesses à découvrir dans ces espaces.

Mais A. E. eut d'abord, d'écrire ce livre, une raison plus personnelle ; il le dit d'emblée, et fort nettement :

Ces examens et ces méditations sont les efforts d'un artiste et d'un poète pour relier sa propre vision à celle des voyants des Livres Sacrés et pour découvrir quel élément de vérité ces imaginations contiennent.

Et plus loin, il écrit :

Quand j'étais jeune, je fréquentais beaucoup les montagnes, ayant découvert que dans l'atmosphère des hauteurs la vision devenait plus riche et plus lumineuse. J'ai contemplé pendant des heures d'étincelants paysages et des processions interminables de personnages, essayant d'y découvrir d'autre signification que leur seule beauté.

Je puis me faire aussi modeste que possible et juger ridicule d'établir un quelconque rapprochement entre l'expérience nette et profonde d'A. E. et la mienne propre, entre son livre et mon projet de livre ; mais il s'agit ici, on doit le comprendre, d'une question sans cesse reprise, sous des formes très diverses, par des esprits de valeur très inégale, et les moindres documents, si l'on songe à l'importance de la réponse éventuelle, peuvent entrer en ligne de compte. Je crois donc pouvoir avouer sans excès de prétention que je me trouvai, aux premières pages du *Flambeau de la Vision*, devant l'expression aboutie de quelque chose que j'avais éprouvé, examiné et essayé de traduire à ma façon, sans y réussir jamais tout à fait. Je n'avais pas désiré autre chose, en effet, qu'évaluer le degré de réalité de mes pressentiments en en cherchant le sens, incapable que j'étais de me contenter de l'émotion pure, irréfléchie et peut-être inféconde. Je comprenais, comme A. E. l'avait fait, le caractère contradictoire de ces pressentiments : impressions fugaces, par la plupart des hommes jugées frivoles et sans valeur, et auxquelles l'intensité de l'expérience vécue exigeait pourtant que l'on accordât *plus de prix* qu'aux événements les plus visibles et les plus massifs de la vie quotidienne ou de l'histoire. Je me trouvais ainsi embarqué, moi sans courage, dans une aventure où il s'agissait vraiment de confier toute sa vie à des lueurs peu sûres, à des voix sourdes et intermittentes, presque à l'invisible...

*

Il semble que les premières révélations, A. E. les ait connues très tôt, encore adolescent, dans son contact avec le monde naturel. C'est ce qu'il raconte, au début de son livre, avec cette simplicité courtoise dont je fus émerveillé :

L'atmosphère me semblait être une figure, une voix, elle était colorée et lourde de sens. Le monde visible devenait semblable à une tapisserie dont l'envers eût été gonflé et agité par le vent. Si cette tapisserie se soulevait, ne fût-ce qu'un instant, je savais que je me trouverais au paradis; chacun des dessins qui la recouvraient semblait être l'ouvrage des dieux ; chaque fleur était un mot, une pensée. L'herbe, les arbres, les eaux, les vents, tout était langage.

En fait, je pense qu'on pourrait retrouver des allusions plus ou moins explicites à des expériences analogues dans les écrits de beaucoup de poètes, et même chez des philosophes ou des romanciers : la chose est si évidente que je ne crois pas utile de me remémorer ici quels passages pourraient être rapprochés de celui-là. Ce qui est particulier à A. E., c'est qu'il ait interrogé cette expérience avec une attention passionnée et néanmoins aussi objective que possible.

On peut dire qu'aux yeux du jeune Russell, alors, les paysages s'ouvrirent, ou devinrent comme transparents :

Alors s'ouvrit pour moi le cœur de la colline, et je sus que pour ceux qui y vivaient ce n'était pas une colline et qu'ils n'avaient pas conscience des étouffantes montagnes entassées sur leurs palais de lumière.

Il imaginera peu à peu, à travers les mystérieuses affinités de la pensée et des choses, que le monde est continu, qu'il ne peut y avoir aucune rupture absolue, de quelque espèce que ce soit, pour l'esprit, dans la mesure où celui-ci est assez fort et assez pur de toute ambition personnelle ; il aboutira très vite à ce pressentiment que l'Age d'Or est encore au monde et que c'est nous qui ne le voyons plus, reprenant ainsi presque littéralement la phrase de Novalis :

Le Paradis est dispersé sur toute la terre, c'est pourquoi nous ne le reconnaissons plus. Il faut réunir ses traits épars.

Si nous attachons quelque importance à des déclarations de cet ordre, si nous leur supposons une part au moins de gravité, il serait inconcevable que nous ne leur accordions pas quelque attention.

*

Pour moi, voici ce que j'avais rêvé à la suite de ces premières pages : que A. E., ayant pris conscience de l'intelligibilité du monde visible, ne songerait plus dès lors qu'à l'interroger comme on déchiffre un texte ; que ces fleurs dont il nous dit qu'elles étaient « un mot, une pensée », il n'aurait de cesse de les traduire ; que cette perfection oubliée ou cachée, il s'acharnerait à nous la faire découvrir dans les choses. Or, dans la suite de son livre, il ne sera presque plus question des choses. Ce n'est plus le monde extérieur qu'il nous montre, mais différentes espèces de visions qui le visitent en rêve, ou dans la nature, ou même en plein travail, dans son bureau de comptable. Toutes tendent à nous persuader précisément de cette continuité de l'univers, « il est difficile de dire où notre être s'achève », tantôt ce sont les pensées de son voisin qui le hantent, tantôt des images des mondes ensevelis, tantôt, plus rarement, celles des sphères supérieures ou peut-être des mondes à venir.

Les dieux sont encore vivants. Ce sont nos frères. Ils nous attendent. Ils nous invitent à venir les retrouver et à nous asseoir sur des trônes aussi élevés que les leurs. A ceux qui s'insurgent contre le fabuleux, je voudrais dire : vous êtes vous-mêmes fabuleux. Vous êtes le prince perdu qui garde obscurément les pourceaux. Les aventures de votre esprit sont le plus merveilleux des romans. Vos errances ont été plus grandes que celles d'Ulysse...

Ces affirmations, si simples et si confiantes, si proches, en un sens, de ce que je ressentais, avaient de quoi me ravir comme de poignantes promesses ; mais quelque chose allait me gêner, freiner un peu mon enthousiasme, et c'est à ce quelque chose que je voudrais maintenant en venir.

*

Les visions suprêmes de A. E., celles auxquelles il paraît avoir attaché le plus de prix, se ressemblent toutes, au moins par certains traits qu'il vaut la peine d'analyser.

Ce qu'il voit presque toujours, ce sont des « régions pures » : paysages apparus dans un air si clair que les lointains y sont aussi visibles et nets que la proximité, lignes à la fois précises et douces ; une musique « comme de cloches » leur est souvent associée. Mais ce qui frappe le plus, c'est la fréquence, dans ces descriptions, des notations d'éclat ; les mots *brillant*, *étincelant*, *lumineux* reviennent à plusieurs reprises, quelquefois dans la même phrase.

Le ciel est d'améthyste ou de diamant, les collines, les oiseaux sont des joyaux, les cloches argentines, les vents ou les colonnes d'opale, les chevelures d'or ; on voit aussi des perspectives de flammes et, très haut dans le désert du ciel, un nuage froid comme neige. Le plus souvent, des figures peuplent ces lieux : êtres immobiles, ravis en extase, d'une beauté admirable, d'une beauté non individualisée comme celle des fleurs ; et qui semblent dépendre les uns des autres à la manière des instruments d'un concert. Ailleurs, on voit des rois casqués de feu, des êtres de lumière, plus grands que nature, un personnage tenant une harpe ; d'autres dans des « aéronefs » chatoyants de lumière :

Un jeune homme était à la barre, ses noirs cheveux rejetés en arrière par le déplacement d'air, le visage pâle et résolu, la tête penchée, les yeux baissés sur le gouvernail ; et près de lui était assise une femme, un châle rose pailleté de fils d'or ramené sur la tête, autour des épaules, sur la poitrine et les bras croisés...

Enfin, l'un des éléments essentiels de ces visions est une fontaine, centre d'énergie et de lumière d'où sourd un souffle tout-puissant.

*

Sans doute la netteté de ces visions, parfois leur caractère énigmatique me frappèrent-ils; mais puis-je taire qu'elles me firent aussi sourire, et finalement me déçurent ? J'y reconnaissais sans peine les éléments des plus anciennes descriptions de l'Absolu, des visions des prophètes et de saint Jean à Patmos :

Tu te trouvais dans l'Eden, le jardin de Dieu. Tu étais couvert de pierres précieuses de toutes sortes, rubis, topaze, diamant, chrysolithe, onyx, jaspe, saphir, escarboucle, émeraude, ainsi que d'or... Tu marchais au milieu des pierres aux feux éclatants...

(Ezéchiel XXVIII, 13-14.)

Et la place de la ville était en or pur, semblable à un cristal transparent.

(Apocalypse XXI, 21.)

Comme si l'homme n'avait rien trouvé qui exprimât mieux la splendeur et l'éternité que l'or et les joyaux... Mais je retrouvais Ezéchiel et saint Jean affadis. (Ici, sans doute serait-il bon de se demander pourquoi, et non moins d'interroger ce choix des images.) Ce que les visions de A. E. un instant me rappelèrent, ce furent les images d'un livre que j'avais dévoré enfant, *La Fin du Monde*, dont l'auteur devait être, je crois, l'astronome vulgarisateur Camille Flammarion. J'ai oublié malheureusement le thème exact du livre, mais, autant que je me souvienne, il s'agissait d'une évocation de la fin du monde à laquelle seul un couple échappait pour recréer une vie parfaite. Les illustrateurs de ce livre avaient travaillé dans l'esprit de ceux de Jules Verne, et leurs aéronefs ressemblaient étrangement à ceux que décrit A. E. Quand, évoquant la « nouvelle terre », ils peignaient des femmes voilées, aux longues chevelures, évoluant dans une nature sauvage illuminée de rayons, femmes qui ressemblaient à celles figurées sur les albums de piano de Chaminade ou les recueils de *Salonstücke*, là encore, on aurait pu croire qu'ils avaient peint à l'avance le paradis de Russell. Disons, pour être exact, qu'il s'agissait là d'une remarque de style. C'est à travers son style que je voyais, peut-être à tort, A. E. menacé par le ridicule dont se couvre la spiritualité dans ses formes inférieures : brochures spirites, publications de petites sectes d'origine protestante, robes de lin des Duncan, danses « eurythmiques » des anthroposophes... Peut-être cette réaction de défense, après l'enthousiasme initial, me servit-elle à voir plus clair en mes propres songeries. Voici en effet, tout crûment, ce que j'osai me dire : que pour voir des guerriers casqués d'or, des temples étincelants, des fontaines lumineuses, il ne valait pas la peine de faire les efforts considérables dont A. E. ne cache pas qu'ils sont indispensables à celui qui veut accroître la puissance de son esprit et voir ce qu'il appelle, d'un mot qui à lui seul me gêne, « le Pays aux mille couleurs ». En particulier, je pensai que « la figure merveilleuse de l'être que nous aimons, plus séduisante que la vie », et qui « resplendit devant nous pour que sa fascination nous écarte de notre tâche », rayonnait à mes yeux, en réalité, d'une lumière plus précieuse, infiniment plus précieuse que le diamant ; pourtant, je voyais bien ses fautes... Pourtant, je comprenais aussi cette rage d'atteindre au-delà de la terre. Je comprenais bien, d'autre part, que c'étaient, A. E. le précise lui-même comme pour prévenir, peut-être, notre déception, des visions inférieures ; et surtout, que le langage ne pouvait les saisir sans les déformer. Mais encore : ne fallait-il pas, justement, se défier de ce que le langage ne peut saisir ? En tout cas, je regardais de nouveau la terre, et je devais me dire que ce que je voyais certains jours, et de plus en plus souvent depuis que mon âme était plus sereine, réduisait à des fantasmagories illusoires toutes les visions de A. E. Il me semblait alors que la promesse qu'il nous avait faite en parlant de la présence actuelle de l'Age d'Or n'avait pas été tenue, puisque finalement c'était bien d'un autre monde qu'il nous entretenait ; alors que j'imaginais plutôt le nôtre, à peine changé. Qu'imaginais-je, en fait ?

*

Cela est moins facile à dire, on le devine. Cependant nous passons notre vie en aveugles, sans plus même oser nous demander ce que nous rêverions si nous étions tout-puissants, ou simplement sans plus même savoir si nous avons une espérance quelconque. Et, d'un autre côté, si nous en avons une, sans doute sommes-nous gênés de l'exprimer. Ces seules hésitations disent bien, en tout cas, que le monde où nous avons choisi de vivre n'est pas un monde tout fait, ni davantage un monde à faire selon telle ou telle certitude ; mais le monde du tâtonnement obstiné, du risque intérieur, de l'incertitude merveilleuse. Le problème, pour notre esprit, serait moins d'entasser des rochers, de bâtir des temples, que d'ouvrir des passages dans les murs.

*

Je disais avoir eu le sentiment que le style de A. E., au moment où celui-ci s'attache à décrire ses visions, faiblissait ; on peut se demander si la parole humaine (elle-même une énigme, d'ailleurs) n'est pas inséparable de la mort, ou plus exactement du monde où nous habitons, limité par la mort ; et si tout ce que l'on essaie d'imaginer en dehors de ces limites n'est pas en dehors de l'image, et inaccessible à la parole. Ainsi pourrait-on être amené à penser que la parole qui cherche à échapper à ce monde ou à le dépasser s'égare et s'altère, en trahissant à la fois le monde où elle aurait dû continuer à jouer puisqu'il est son domaine, et l'Absolu où elle ne peut que s'éteindre.

Voilà de bien grands mots pour une expérience bien douteuse. Mais peut-être faut-il de temps en temps les risquer, ne serait-ce que pour s'en défaire.

On voit que c'est vers la terre que je me retourne, que je ne peux pas ne pas me retourner ; mais comment nierais-je cette rage de l'Absolu et, dans l'amour d'une vie rendue éblouissante par la mort, l'horreur d'une mort rendue inacceptable par la vie ? Si l'Absolu échappe à la parole, il échappera à la négation aussi bien qu'à l'affirmation ; et n'en continuera pas moins à nous fasciner.

Serait-ce donc que le monde, tel que nous pouvons le voir, et particulièrement dans la splendeur qu'il revêt parfois à nos yeux, est simplement une émanation, une image affaiblie de l'Absolu ? Autrement dit, que nous allons découvrir dans ses traits, si nous sommes suffisamment attentifs et passionnément détachés, le reflet d'un paradis ? Alors, purifiant notre regard, nous verrions un monde plus pur ; et purifiant notre langage, nous réussirions peut-être à en donner à d'autres l'avant-goût... Et enfin, atteignant à l'extrême de la pureté, nous pourrions nous défaire de notre corps comme d'un vêtement superflu et passer aisément la mort... Je ne me donnerai pas le ridicule de prétendre que ces propositions soient vraies ou fausses, mais je préférerai, provisoirement, une autre voie.

*

Car cette splendeur semble avoir sa source dans la mort, non dans l'éternel ; cette beauté paraît dans le mouvant, l'éphémère, le fragile ; finalement, l'extrême beauté luirait peut-être dans l'extrême contradiction ; dans la contradiction portée jusqu'à l'énigme et jusqu'à une énigme qui, à la réflexion, doit nous sembler aussi une folie : ailes de papillon, graines, regards... On doit bien voir, maintenant, qu'il ne s'agit absolument pas dans mon esprit d'un retour à un monde raisonnable, explicable, même pas à l'acceptation de certaines limites ; que je rêverais plutôt d'un enfoncement du regard dans l'épaisseur de l'incompréhensible et contradictoire réel ; d'une observation à la fois acharnée et distraite du monde, et jamais, au grand jamais, d'une évasion hors du monde.

Pâles, froides, exsangues sont les visions de A. E. en fin de compte, du moins telles qu'il les a traduites, du moins confrontées avec le visible.

*

Il faut veiller à ne pas laisser les mots courir, car certains auraient vite fait de glisser sur des voies toutes faites. Je repense donc à ce que j'ai souhaité dire ici pour m'éclairer, et tâcher d'éclairer les quelques pages qui suivent. C'était tout bonnement ceci : qu'après avoir été touché de trouver dans le *Flambeau de la Vision* la confirmation de quelques pressentiments personnels (confirmation qu'évidemment je souhaitais, pressentiments qui tendaient à voir dans la poésie autre chose qu'une affaire esthétique, et pas davantage une histoire religieuse), je fus déçu du caractère trop éthéré des richesses que le poète irlandais avait découvertes, semble-t-il, à grand effort. Peut-être était-il allé trop vite, ou est-ce moi qui suis trop lent, trop attaché à la terre, trop avide ou trop faible. Je vis que A. E. ne questionnait pas réellement le monde, mais volait vers un monde « supérieur », et que ce monde « supérieur » avait tous les défauts (à mes yeux) de la sur-nature : en particulier, d'être exsangue (et comment en serait-il autrement ?) Pour moi, j'avais cru voir le secret dans la terre, les clefs dans l'herbe. Sans doute ce qui nous attend à l'issue ne peut-il être conçu ; mais je me dis qu'il fallait avancer dans la direction de cet inconcevable (qui nous fascine comme tout abîme) *à travers l'épaisseur du Visible*, dans le monde de la contradiction, avec des moyens et des sentiments ambigus, en particulier un mélange d'amour et de détachement, d'acharnement et de négligence, d'ambition et d'ironie. Peut-être est-ce là une faute, et même une faute grave, puisque c'est vouloir tout avoir ; mais il m'est presque impossible de penser que cet amour ne soit pas pur, qui ne tolère aucune distinction.

*

Je ne puis cependant achever ces remarques (qui, bien entendu, exigent d'être prolongées, corrigées et même contredites par d'autres), sans revenir au livre de A. E. ; d'abord parce que j'ai sans doute trop souligné ici l'aspect qui m'en a déçu, ou, plus exactement, avec lequel je me trouve en désaccord ; et surtout, parce qu'une phrase plus que toutes les autres m'y a frappé, qui se rattache elle aussi très étroitement aux recherches que je poursuis.

A. E. imaginait qu'une extrême concentration de la pensée, une méditation intense devaient pouvoir nous donner la connaissance de tout ce que nous souhaiterions connaître ; lui-même avait cru pouvoir, par exemple, retrouver des fragments du passé, assister à des scènes vécues plusieurs siècles avant lui. Il en vint à se demander comment une telle connaissance était possible et tenta de se l'expliquer par une comparaison avec l'œil humain :

Il n'y a pas dans l'espace visible un seul point, fût-il d'une tête d'épingle, qui ne contienne un microcosme du ciel et de la terre. Nous savons cela, car où que nous nous mouvions, il n'y a point de lieu où l'œil ne reçoive sa vision de l'infini. Se produit-elle seulement dans le monde visible, cette condensation de l'infini en atomes, et non pas aussi dans l'âme et de nouveau dans l'esprit ? Quoi donc l'âme pourrait-elle en sa perfection refléter ? Réfléchirait-elle en elle-même les myriades d'aspects de la vie de l'humanité ? L'esprit refléterait-il les cieux et les imaginations de l'Intelligence divine plongeant en elle par ses conceptions mystiques et transcendantales ? Ou bien ne font-ils chacun que réfléchir leur propre monde, et toute connaissance est-elle déjà en nous-même, et notre besoin de créer, ne serait-ce que par sagesse, les liens entre les portions de l'être unique, ne serait-il pas dramatiquement déchiré par l'illusion comme l'âme l'est dans le rêve ? Est-ce que la concentration de la volonté et l'ardente méditation qui nous y fait tendre, est-ce que les aperçus qui nous sont donnés du surnaturel n'ont pas uniquement pour cause le fait qu'un œil a soulevé un instant sa paupière, cet œil qui, lorsqu'il sera complètement éveillé, nous fera lever d'entre les morts?

Je crois que cette phrase m'a d'abord touché en dehors de sa relation avec les hypothèses qui la précèdent et la rendent possible, simplement parce qu'elle associait le mot *œil* au mot *morts* et à l'espoir d'une sorte de résurrection ; elle m'a touché sans que je songe à m'en demander le sens exact, encore moins à le commenter. En fait, j'ai compris ensuite qu'elle était assez simple (pour autant qu'on puisse dire cela de ce genre d'affirmations touchant à la mort), qu'elle donnait à l'esprit, au regard intérieur, la possibilité et la tâche de s'aiguiser toujours davantage au point d'en arriver à vaincre toutes les faiblesses du corps, y compris celle qu'il a de se décomposer pour finir. Mais pour moi, je n'en continuai pas moins à être touché par cette opposition du regard et de la mort, comme s'il y avait là encore une autre leçon (quelque *passage* que j'avais pressenti d'ailleurs avant de lire cette phrase), leçon, passage dont je ne veux rien dire de plus précis avant d'être entré un peu plus avant, à travers les quelques essais qui suivent, dans l'énigme de la lumière.

EXEMPLES

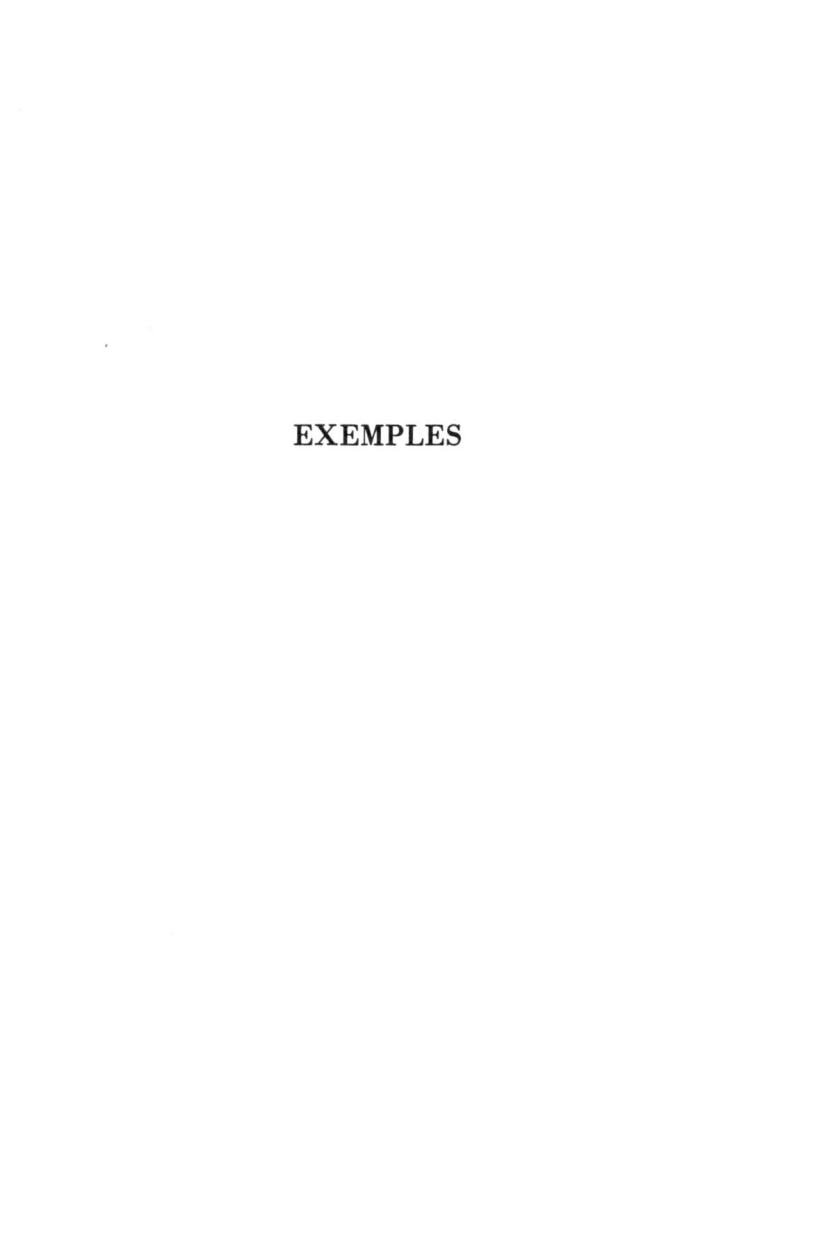

L'HABITANT DE GRIGNAN

Parfois, un tel poids est sur nous que nous décidons de ne rien faire, et en particulier de ne rien écrire, qui ne l'allège, mais encore ne l'allège qu'à bon droit. Cela se peut-il en parlant simplement d'un lieu ? C'est la question que je me suis posée devant ce texte. Provisoirement, en tout cas, rien d'autre ne m'intéresse, et tant pis si je m'égare.

Il semblerait donc que je dispose d'une règle qui me permette de choisir entre le pire et le mieux, c'est-à-dire de quelque absolu ? Non ; mais comment s'expliquer ? C'est un peu comme si le mouvement de l'esprit vers une vérité pressentie révélait cette vérité, ou l'alimentait ; comme si nous devions une bonne fois partir, puisque quelque chose nous y pousse, et que la voie créât, ou plutôt découvrît le but. Marche difficile aux étapes dérobées.

En route donc encore une fois ! Je suis un marcheur voûté par ses doutes. Mais il arrive que des souffles bienheureux m'emportent.

*

Décidément, je ne parlerai pas de ce château qui s'élève, avec quelque grandeur sûrement, mais aussi de la prétention, au-dessus de nos toits ; ni de la dame qui fait notre réputation au loin et survit dans l'enseigne des cafés. Aucun goût ne fut jamais en moi pour l'histoire, littéraire ou autre. C'est la terre que j'aime, la puissance des heures qui changent, et par la fenêtre je vois en ce moment précis l'ombre de la nuit d'hiver qui absorbe les arbres, les jardins, les petites vignes, les rocs, ne faisant bientôt plus qu'une seule masse noire où des lumières de phares circulent, alors qu'au-dessus le ciel, pour un moment encore du moins, demeure un espace, une profondeur presque légère, à peine menacée de nuages. Certes, j'ai peu d'espoir de jamais pouvoir saluer dignement tant de force... mais voici au moins l'ébauche de ce qui m'attache à ces lieux.

*

Je ne sais pas très bien ce qu'il en est des frontières administratives, mais je devine qu'ici la Provence commence dans les sols. Il n'y a pas encore d'oliviers (le mistral les glacerait), mais des collines rocheuses, d'une certaine roche, sur lesquelles pousse en abondance le chêne-vert, arbre maigre, presque noir, pas du tout frémissant, arbre avare et vieux, protecteur de la truffe ; puis, des genévriers hérissés, le thym noueux, des genêts à balais ; plutôt arbustes qu'arbres, et toujours ce qu'il y a de plus sec, de plus tordu, ne donnant aucune ombre, aucun murmure, mais d'intenses parfums ; et dans le terreau meuble, des lichens gris, mille espèces de graines pareilles aux rouages minuscules d'un mécanisme de bois, de loin en loin une petite fleur extrêmement rose, et la pierre. Ailleurs, sur des versants, tremblent des pins. Puis, si l'on descend, tout change.

Car le terrain est inégal ; ce n'est ni un plateau, ni une vallée, mais une confusion de dépressions et de collines, et, dans ces creux, le Dauphiné s'achève. Des rivières basses ou des ruisseaux toujours clairs coulent entre des rives d'herbe abondante ; des marécages même étincellent vers le soir, dans des enclos de saules et de peupliers où tournoient les rapides hirondelles... Somme toute, un pays de montagnards et de nymphes. D'un côté un peuple pauvre, de rudes bergers osseux, et, comme pour nourrir leurs nuits qu'un vent violent secoue jusqu'aux racines, ces lieux féminins, cette ombre verte, ces nymphes ; leurs rapports sont peut-être un des secrets de cette contrée. Tantôt c'est notre désir de violence, tantôt notre rêve d'abandon qui est satisfait. Je marche d'un pas exalté sur la roche, sur les hauteurs, entouré de beaucoup d'air, l'œil bondissant de pente en pente jusqu'aux brumes les plus fines, jusqu'où les montagnes se résorbent en souffles ; ou je m'attarde, je m'enfonce dans les vallons, à travers les jardins, considérant avec étonnement comme les saules blancs ruissellent de toute leur chevelure ; et une fois de plus le soir tombe.

*

Là encore, que dire devant cette fenêtre, depuis deux ans notre trésor ? Souvent, dans le même temps, j'ai vu en rêve des cataclysmes : les astres qui se décrochent, le soleil qui sombre, des océans gravissant les degrés de la terre avec l'élan d'une émeute ; souvent aussi, sans même parler d'une fatigue tenace, devenue le lot de presque tous, je me suis remémoré ce que j'ai vu de la douleur physique, l'inconcevable terreur d'un petit homme blafard à qui elle tirait à chaque seconde une autre goutte de son sang, sa totale misère, sa lutte comparable à celle d'une feuille de papier contre le feu... Ces images pesantes, ou plus précisément ces pressentiments infimes d'une immensité plus épuisante que cent insomnies mises bout à bout, sont donc fidèlement en moi, et ce n'est pas parce que j'ai à parler d'un lieu très beau que je me retiendrai hypocritement, ou ne serait-ce que par courtoisie, d'en faire mention. Mais je m'avance néanmoins vers la fenêtre, et, quoique le soir soit donc tombé, je vois encore comment les champs, vers l'ouest, creusent leur verdure, comment la dernière lumière s'étire, s'élime et, réduite ainsi au fil d'un regard sous la paupière, pénètre d'autant plus profondément dans mes replis. Tout comme s'il s'agissait — disons naïvement, imprudemment, la pensée qui nous vient — d'opposer à ce qu'il y a de plus lourd et de plus démesuré ce qui se fait de plus frêle et de moins visible, à l'énorme avalanche le mouvement d'une nymphe, à la tonitruante épouvante la fuite de l'eau entre les joncs.

*

Telles sont les images auxquelles m'entraîne, non sans irréflexion, l'illusion merveilleuse qui flotte sur cette contrée. Je n'en dirai pas davantage, au moins pour le moment. Sinon encore ceci : qu'il serait peut-être utile, avant d'aller plus loin, d'interpréter avec attention ces heures matinales, en hiver, où une clarté comme neigeuse ou savonneuse, encore très faible, s'insinue sur les pierres, les pavés des abruptes ruelles, au pied des murs, pour combattre ou relayer les lampes qui dans quelques minutes seront éteintes toutes en même temps. Et que chacun, maintenant, s'en aille donc à ses besognes!

LE JOUR ME CONDUIT LA MAIN

Dès le matin la lumière parle et je l'écoute, sans plus me demander si je fais bien ou mal, si je ne suis pas ridicule. C'est d'abord comme une jeune fille qui passerait de porte en porte éveiller un à un les habitants de ce village, c'est quelque chose aussi de frais qui ruisselle sur les pierres, qui lave les murs de toutes les taches de la nuit, c'est une sorte de voirie de l'âme. Aujourd'hui, celle-ci ne dira rien que de pur.

*

« Et la lumière philosophique qui baigne ma fenêtre fait ma joie... » Maintenant que le soleil s'est élevé d'un degré dans le ciel, je pense à cette phrase d'une lettre écrite par Hölderlin à Böhlendorff le 2 décembre 1802, c'est-à-dire peu avant qu'il ne sombre définitivement dans la folie ; et c'est comme si ce que je peux voir, sans me laisser le temps d'y réfléchir, me faisait comprendre tout à coup le véritable sens de ces mots (mais, bien entendu, ce n'est là qu'une interprétation très partielle). Car la lumière du matin ne ressemble pas au feu ; moins encore à la lueur d'une lampe ; elle n'est pas l'éclat d'un soleil juvénile, elle ne me fait pas penser aux dieux, pas davantage à une figure humaine, fût-elle sans tache, et très aimée. C'est bien plutôt (encore n'en parlerai-je pas sans l'offusquer), comme une propriété des choses, non pas leur vêtement, non pas le lin ni l'armure argentée, mais une transparence, une limpidité ; et non pas seulement du ciel, mais de tout l'espace et de toutes les choses dans l'espace, montagnes très éloignées, suspendues en l'air, rares nuages à leur cime, puis les arbres, l'herbe, la terre, un tas de bois contre une maison ; une allusion au cristal, plutôt que le cristal lui-même, qui n'étincelle que dans l'Alpe. En effet, quoique pas un souffle n'anime les feuillages, que la lumière ne tremble pas, tout respire avec naturel. Eh bien ! si ridicule que cela soit, il me semble que brille devant moi en ce moment le

« dedans » des choses ; que le monde rayonne de sa lumière intérieure, qu'il m'est apparu « dans sa gloire ». C'est d'une lumière semblable que me paraît baigné maint poème de Hölderlin.

Naturellement, on ne peut dire que cette remarque soit véridique ; mais des illusions ne conduisent-elles pas souvent, sans qu'on s'en doute, vers une espèce de vérité que l'exactitude ne cernera jamais ?

*

Vers midi, la dernière crête elle-même s'avance avec agressivité.

*

Que le soir, que chaque soir détienne plus qu'aucun autre moment du jour merveilles et secrets, si je ne l'avais deviné dès l'enfance, je pourrais l'apprendre aujourd'hui. Que se passe-t-il sous les chênes ? Que se passe-t-il dans l'épaisseur de l'herbe, derrière les saules, dites-le ! Sombres, sombres verts étendus jusqu'au pied des obscures montagnes portant à leur cime les feux qui précèdent et annoncent l'entrée de la nuit, c'est votre profondeur que je vais interroger longtemps encore, comme si elle n'était pas seulement profondeur matérielle, profondeur de couleur, mais intimité de l'âme, en vérité je ne sais quoi, les moyens me manquent pour m'en expliquer ; mais en elle, humide, cachée, parfumée, il me semble que je vois se relever avec effort de je ne sais quelle posture affreusement humiliée cette dame morte, et marcher, en longue robe de faille noire ; et si je pouvais tendre encore davantage l'oreille (mais la fatigue et l'étonnement me contrecarrent), n'entendrais-je pas sa voix familière, « un de ses mots », ne courrais-je pas lui obéir, puisque aussi bien, aujourd'hui comme hier, cette heure-ci est l'heure où il faut, de préférence à toute autre, accueillir le monde et même ses plus étranges secrets ?

L'APPROCHE DES MONTAGNES

C'est encore une énigme à l'horizon paisiblement campée, une merveille qui nous accompagne tous les jours et semble souhaiter d'être comprise. Mais les mots traînent après eux des représentations machinales qu'il me faut d'abord écarter.

*

Je commencerai donc en disant que ces montagnes-ci ne sont pas des Alpes, et qu'aucune suggestion de chaos ou de sublimité, nulle ambition excessive, nul rêve de victoire, nulle obsession de pureté ne s'en dégagent. Par mon origine, je suis familier des Alpes, et d'une certaine manière je les aime : non pas, justement, les symboles moraux dont on les affuble, mais leur magie : gouffres de froid où l'air tournoie, habitations des génies dans la neige, passerelles qui tremblent dans un jaillissement de gouttelettes glacées ; je revois des torrents sous de fins mélèzes, un tourbillon de neige soulevé par le vent à l'arête d'un col ; je pourrais m'égarer plus longuement si je voulais, retrouver l'air pareil à du verre, des châteaux dressés dans cet air, bâtis d'ardoise, de granit et de bois ; de très petites gentianes, des cristaux et des cascades... mais je voulais seulement préciser qu'il ne s'agissait pas de ces féeries.

*

Ici les batailles ont fait trêve, les épées et les ruines sont ensevelies sous les herbes et l'horizon s'est assoupi.

*

Qu'êtes-vous donc en effet, mes montagnes ? Le souvenir (qui s'effacera bientôt) de grandes colères, une pause apparente dans l'affaiblissement d'une planète, un geste qui retombe... Mais cela concerne votre histoire, quand c'est votre présence qui me touche. Tous les jours je vous revois ; j'ai beau me dire : qu'ai-je à faire de ces montagnes, mille soucis sont plus urgents, mille présences plus proches, je vous regarde encore, et vous n'avez pas fini de m'étonner.

Dans mon pays, on aime à dire, justement à cause des montagnes, que si « l'on grandit, c'est du côté du ciel », et certains pensent peut-être qu'une ceinture d'églises, en les protégeant du monde, les rapproche du même coup de Dieu. Mais en ces montagnes basses de la Drôme, je crois deviner avec le ciel d'autres rapports ; et le ciel lui-même, si j'ose dire, n'est pas tout à fait catholique. Cependant, je vois bien qu'en cette ligne qui relie et distingue en même temps le ciel et ces montagnes réside une part de leur pouvoir, et qu'il me faut essayer d'y songer. Mais qu'est-ce que l'air ?

Ah ! sûrement, j'adopterai un jour un langage plus vif et plus chantant pour m'y élever comme l'alouette et le conquérir dans l'allégresse de la poésie ! On ne résiste pas à ces trouées ! Mais aujourd'hui je vais rester assis à ma fenêtre et me contenter de regarder, de rêver, de réfléchir. L'air aspire et appelle ; loin d'imposer la prosternation résignée, il paraît tirer vers le rire, l'ardeur, l'essor ; il nous change en oiseaux légers. Comme l'oignon semble fait d'une infinité de pelures enroulées l'une sur l'autre, il est une spirale de transparences, ou encore une enfilade de portes invisibles, l'éternelle invitation au voyage. Il est aussi le lieu d'un grand commerce et d'une circulation ininterrompue qu'il ne cesse jamais de favoriser. Et comment n'aimerions-nous pas l'habitat des oiseaux ? Cependant, pour que l'air ne fût pas aussi un abîme, peut-être fallait-il à sa base ces puissants supports, ces lignes qui le font paraître encore plus blanc, et qui sont douces ; douces sans aucune mollesse, infiniment apaisées et sereines. Une femme qui dort. Elle s'est endormie, bienheureuse, en plein jour, devant sa fenêtre, et respire ; au-dessus d'elle est la lumière. Sur sa bouche est la lumière. Il n'est homme qui ignore leur bouche, qui leur résiste, et nul ne sait pourquoi, malgré que beaucoup de choses changent, il reste attaché à cela. Ainsi sur les montagnes de la Basse-Drôme tremblent les vapeurs d'un souffle et s'attachent nos regards.

*

A toutes les heures du jour cela change, et, tournant avec la lumière, je vais ainsi de la richesse au dénuement. La table du monde est couverte de vaisselle d'or, de verrerie, les plats fument dans l'aube et jusqu'à midi ; puis la boisson coule à terre, les convives s'abrutissent, un silence s'établit... Sortez donc des forêts maintenant apparues avec toutes leurs boiseries, serviteurs muets du Visible ; il est l'heure d'emporter tout cet or vers l'ouest et de vous retirer dans vos uniformes de feu. La fête de nuit s'allume plus loin, derrière les feuilles.

*

C'est là une image confuse, vaste et précipitée à laquelle je me suis laissé aller dans l'enthousiasme. Mais je reviens maintenant en arrière.

A l'heure où ces montagnes sont le moins cachées, le plus proches et le plus réelles si l'on veut, c'est-à-dire vers midi par temps clair, je crois savoir assez bien quelles images elles éveillent en moi, et je pourrais parler ici des bergeries basses construites sur des plateaux ou dans des combes, lieux de pierre, de vent et de froid où filent de fines eaux brillantes. Il arrive qu'en novembre passe sous nos murs un troupeau de transhumants, un millier de bêtes peut-être, avec deux ou trois hommes qui passent la nuit dehors, plus ou moins abrités du froid par un muret, autour d'un feu. Pourquoi ces choses nous touchent-elles, alors que nous ne sommes pas à tout prix attachés au passé, et que nous nous méfions des coutumes artificiellement entretenues ? Ces bêtes sont couleur de pierre entre nos murs de pierre, couleur de toile de sac (le pays est sévère, nullement bariolé), et peut-être voyons-nous dans leur passage la survivance d'anciens rites ; ces bergers et leur troupeau nous semblent liés quasi magiquement à la terre, ils se déplacent comme les anguilles ou les astres, et nous attribuons à cet ordre une pureté qu'il n'a probablement pas. (De toutes manières, les *passages* nous touchent, et ce qui emporte notre esprit dans un mouvement donné ; il se peut qu'un de nos souhaits les plus tenaces soit, assez curieusement, de voir la vie prendre la forme d'une cérémonie réglée, non pas sur des lois arbitraires, mais selon des nécessités intérieures...)

*

Des pentes, des courbes, comme des mouvements dessinés dans la terre absolument immobile ; des champs qui descendent, qui ont l'air de couler avec leurs mottes, leurs herbes, leurs chemins, vers l'affaissement éloigné d'une rivière qu'on ne peut pas voir, puis, toujours moins précis, cela se relève, remonte et s'interrompt au bord du ciel, comme la lumière est portée dans le berceau, dans le bassin du jour. Il y a des gens qui ne respirent à leur aise qu'au seuil de l'illimité ; j'aime plutôt cet espace que les montagnes définissent mais n'emprisonnent pas, comme quelqu'un peut aimer le mur de son jardin, autant parce qu'il suscite l'étrangeté d'un ailleurs que parce qu'il arrête son regard ; quand nous considérons les montagnes, il y a toujours en nous, plus ou moins forte, plus ou moins consciente aussi, l'idée du col, du passage, l'attrait de ce qu'on n'a pas vu...

*

    Mais vient un moment où la base des montagnes disparaît dans la lumière, de sorte qu'on ne voit plus que leur cime, comme dans certaines peintures que je me figure chinoises ; alors est irrésistible, quoi que j'en aie, l'idée d'un « château des dieux », non pas tant dans un esprit proprement religieux, et surtout pas mythologique, qu'avec le sentiment du léger, du haut, de l'invisible : dieux de l'air, dieux-oiseaux. Plus j'y pense, plus je m'assure que le moment où ces montagnes m'émerveillent est quand justement elles sont à peine visibles : c'est leur légèreté de buée qui m'obsède. Maintenant donc, des masses pesantes sont devenues pareilles à des fumées, et sans doute est-ce là le mirage que je désirais. Notre pays est entouré de remparts, et les voici changés en fumées de bivouac, en toiles transparentes, nous ne sommes plus captifs, mais nous restons protégés. Une immense terrasse, et tout autour claquent au vent des toiles blanches, derrière lesquelles attendent encore beaucoup d'espace, beaucoup d'air. Nous vivons au milieu de sommeils, des créatures divines, endormies autour de nous, respirent...

*

Montagnes au profil sans surprises, aux courbes douces mais non molles, harmonieusement successives. Montagnes légères, buée des rochers. Ai-je donc été pareillement touché par une illusion ?

Car enfin c'est bien cela, et je ne puis qu'y revenir. Pas plus que les paysans qui travaillent ici dans les terres, je ne passe mon temps à contempler des paysages ; bien souvent les besognes et les soucis envahissent nos journées, et c'est le temps d'un coup d'œil jeté à la fenêtre, d'une course au village, ou simplement au moment d'aller couper du bois pour le feu du matin que je retrouve le contact avec ce qui m'entoure ; or, je ne doute pas qu'il n'en aille de même, plus confusément peut-être, pour ceux d'ici ; ils savent très bien que leur pays est beau et, quoiqu'ils aient d'autres préoccupations infiniment plus immédiates, j'ai le sentiment que ces montagnes sont pour la plupart d'entre eux une présence vague, et qu'elles font partie des rares agréments de leur vie. Il ne doit pas s'agir d'une émotion exceptionnelle ; et si je pense avoir touché juste en disant que ce qui m'émouvait si fort en elles, c'était de voir la pesanteur changée en souffle, si je retrouvais donc autour de moi l'image de ce rêve de légèreté et d'altitude qui me hante de plus en plus souvent aujourd'hui, ne dois-je pas m'effrayer d'accorder tant de prix à des mirages ? Ce qui me reste en effet de tous ces instants où j'ai regardé les montagnes, où elles m'ont ému et rendu plus étonné d'être au monde, cela peut tenir en ces mots qui me sont venus plus haut sous la plume : « montagnes légères », « rocs changés en buées », en ces images qui, tour à tour, essayaient de dire la vérité, non pas sur le monde ni sur moi, mais peut-être sur nos rapports.

*

Pour un temps, mon amour, si j'ose vous appeler encore ainsi puisque je ne vous traite pas toujours avec la douceur de l'amour, restez ainsi couchée ; l'homme le plus démuni, même s'il ne peut pas s'exprimer, même dans la poussière et les haillons, a connu le secret de ces pentes, l'attrait de ces vallées qu'éclaire la nuit, de toute cette masse écroulée, abandonnée, bienheureuse d'être écroulée ; et voici maintenant la pluie qui commence à tomber dans l'herbe, sous les arbres, une buée qui brouille le regard, une chaleur de lessiverie dans le repli des montagnes.

SUR LES PAS DE LA LUNE

Le silence presque absolu qui se fait parfois au dehors, même dans une grande ville, à la fin de la nuit, ne m'est jamais apparu comme un bonheur, j'en étais effrayé plutôt, et je reprendrai un jour l'examen de ces moments parfois curieusement difficiles : il semble que dans l'espèce de mur qui nous protège se soit ouverte brusquement une faille derrière laquelle s'amassent, mais sans entrer, les troupes du vide, de gros fantômes cotonneux. Tout au contraire, en cette nuit de lune dont je veux parler, le silence semblait être un autre nom pour l'espace, c'est-à-dire que les bruits très rares, ou plutôt les notes qui étaient perçues dans la fosse nocturne, et en particulier le cri intermittent d'une chouette, ne s'élevaient que pour laisser entendre des distances, des intervalles, et bâtir une maison légère, immense et transparente. Mais il en était de même pour les astres ; tenté d'abord de les comparer à un filet scintillant au-dessus de moi, je voyais bien que l'image était trop concrète (peu m'importait qu'elle fût banale) ; mais qu'ils ne fussent que des signes, des nombres, des figures, je ne pouvais l'admettre davantage. Il est sûr toutefois que, d'une certaine manière, ils étaient reliés, ils ressemblaient aux cris de la chouette... Mais je repenserai d'abord à d'autres éléments de cette nuit.

*

Le Ventoux n'était plus qu'une vapeur, il n'était lui-même presque plus rien que l'indication du lointain et la dernière partie perceptible de la terre. Mais, en réalité, toutes les choses qu'on pouvait discerner cette nuit-là, c'est-à-dire simplement des arbres dans les champs, une meule peut-être, une ou deux maisons et plus loin des collines, toutes ces choses, claires ou noires selon leur position par rapport à la lune, ne semblaient plus simplement les habitants du jour surpris dans leur vêtement de sommeil, mais de vraies créations de la lumière lunaire ; et à toutes ces choses, au silence comme aux rares étoiles et aux feuilles, les mêmes images venaient s'attacher dans mon esprit fasciné sans jamais le satisfaire : je pensais à de la glace, à l'univers des glaciers, dont j'ai de profonds et lointains souvenirs, mais le vent très faible qui faisait s'élever jusqu'au mur éblouissant de la maison l'odeur de l'herbe coupée chassait ces trop froides images ; je pensais à de la brume, mais tout était limpide ; je pensais à la fraîcheur des torrents que j'avais toujours aimés (cette foudre d'eau dans les rocs), mais c'est alors l'extrême immobilité du paysage que je troublais de trop de turbulence. Les mots *léger*, *clair*, *transparent*, me revenaient sans cesse à l'esprit avec l'idée des éléments *air*, *eau* et *lumière ;* mais ces mots, chargés de tant de sens, ne suffisaient pas, il eût fallu encore les situer les uns par rapport aux autres pour qu'entre eux aussi s'établissent de mélodieuses, et pas trop mélodieuses distances. Il fallait continuer à chercher.

*

A quoi pensais-je encore dans ce bonheur ? Eh bien ! si absurde que cela puisse paraître, l'idée me vint de ce qu'on appelle le « royaume des morts » ; sans doute m'égarais-je ainsi dans le rêve, et dans toutes les illusions du rêve, mais cette tentation-là était aussi incluse dans la nuit lunaire, et si je ne poursuis que la vérité d'une expérience, je devais aussi m'y abandonner. Un instant donc, il me parut que, tel le héros d'un conte, j'avais ouvert par mégarde une porte sur un lieu jusqu'alors inconnu ou même interdit, et que je voyais, avec une parfaite tranquillité d'esprit, le monde des morts ; ce n'était pas une vision funèbre, pas davantage une imagerie pieuse ; cela ne ressemblait, je crois, à aucune tradition sur l'Au-delà, et je dois encore préciser que j'y avais accédé avec l'aisance et le naturel propres aux événements fabuleux.

Les choses n'avaient plus de corps ; ou du moins, ce qui s'attache pour nous à la pensée du corps, moiteur, fatigue, poids, caducité, corruption, elles en étaient délivrées, véritables oiseaux ; mais cette délivrance ne les faisait pas pour autant spectrales ou chimériques, je n'avais pas sous les yeux, du moins je les ressentais ainsi, de grotesques bâtisses de fumée. Comme les astres, je le redis, elles n'étaient ni des rêves, ni des notions ; comme le Ventoux splendide encore que presque imperceptible, elles étaient toujours la terre et cependant la lune les avait changées. Il me sembla que je commençais à mieux comprendre toutes les images qui m'étaient passées par la tête à leur occasion, et la joie tranquille où je me trouvais de les voir. Une terre plus libre, plus transparente, plus paisible que la terre ; un espace émané de ce monde et pourtant plus intime, une vie à l'intérieur de la vie, des figures de la lumière suspendues entre le soir et le matin, le chagrin et l'ivresse, le pays des morts sans doute teinté de noir mais quand même sans horreur, pas un bruit qui ne parût juste et nécessaire, n'étais-je pas entré cette nuit-là, sur les pas de la lune, à l'intérieur d'un poème ? J'allais poser le pied dans l'herbe, n'ayant plus peur, prêt à tous les changements, altérations et métamorphoses qui pourraient m'advenir.

NOUVEAUX CONSEILS DE LA LUNE

Deux ou trois ans après cette nuit de lune que je viens de décrire, je retrouve la même merveille, et en moi une réaction toute semblable, que je puis simplement essayer de préciser et d'approfondir.

*

Je vois le monde bâti de beaux étages ; et du bas en haut une tranquillité, une immobilité presque absolue. Pays où l'on se couche tôt après des journées de chaleur écrasante. A une certaine heure, même les motos ont été absorbées par les lointains ; pour se déplacer encore, pour agir encore, il n'y a plus que des oiseaux de nuit à peine visibles, une chevêche au vol absolument silencieux et régulier, simple passage d'une chose noire dans le noir ; et le bruit régulier des grillons, comme de quelqu'un qui perce avec obstination un trou. Cela dans les masses noires des feuilles elles-mêmes ensommeillées et confondues au cœur de leur respiration silencieuse. En bas, si l'on veut, est une foule endormie, un camp de feuilles avec de loin le passage d'un courrier ou le cri d'un veilleur ; en bas est une multitude assemblée sans désordre.

Et si je lève seulement un peu les yeux, mon regard sans aucun effort se trouve transporté vers les lointains plus simples et déjà plus clairs ; vers ce qui marque les limites du pays visible, c'est-à-dire des montagnes basses dont la forme longue et calme s'accorde parfaitement à l'idée du sommeil. Là je remarque une ou deux lumières de villages scintillant parmi des vapeurs : une tendresse vague nous saisira toujours à la vue de ces signes humains sans orgueil et sans grossièreté.

Plus haut encore paraît Jupiter dans sa gloire, l'immense fraîcheur du ciel, la ronde lune qui efface les constellations mineures et ne laisse subsister que l'indication de quelques sources.

*

Je sens que, pour dire cela, il faudrait un poème presque sans adjectifs et réduit à très peu d'images ; simplement un mouvement vers le haut, et non point un mouvement brusque, ni intense, ni rapide, mais une émanation, une fumée de fraîcheur ; cette nuit est l'haleine d'une endormie, le rêve qui monte de ses yeux fermés ; le fantôme de son amour qui prend congé de nos difficultés.

Qu'elle repose, qu'elle dorme ! Que dorment tous les travailleurs, et je laisserai mes yeux voler jusqu'aux derniers étages visibles de la maison. Il me semble qu'à cette heure, je surprends le changement de nos peines en lumière.

Je regarde encore, après quoi, ayant fait moi aussi mon travail, j'irai dormir apaisé à mon tour. C'est bien une ascension des choses que je considère, ou comme la montée d'un angle dont la pointe irait toucher l'énigme de nos vies ; de même pourrait monter des profondeurs noires le murmure de celui qui fait passer sa barque de l'un à l'autre bord du fleuve, une sorte de conseil qu'il nous souffle à l'instigation d'Hécate : que d'une main bienheureuse et tremblante telle la main qui flatte une femme étendue, nous poussions cette porte aux ferrures brillantes, que nous ouvrions cette fenêtre embuée sur un air à jamais léger.

*

Il y a quelques chances, je le sais, pour qu'on me demande ce que tout cela signifie (au regard, par exemple, des événements, ou simplement de notre difficile existence quotidienne). Il me paraît, d'ailleurs, que cette question serait justifiée.

Parfois, il me semble aussi qu'on pourrait simplement laisser ce texte tel qu'il est, compte rendu à peu près exact d'une impression, songerie sans poids, aveu de bonheur... Mais il est vrai que je suis le premier à en attendre davantage, quelque chose comme un enseignement. Je ne crois pas recommandable de trop jouer avec les mots, de trop se fier à leurs jeux ; il faudrait donc que je décide si j'eus vraiment le droit de parler comme je l'ai fait, à deux reprises, d'une nuit de lune.

A chaque fois, ce fut à peu près la même chose, et si les images auxquelles j'aboutis sont différentes, leurs insinuations se ressemblent. J'avais trouvé un passage, et non point tortueux ni difficile ni même dangereux, mais au contraire parfaitement aisé, délicieusement simple et direct. Mais qu'y a-t-il de plus simple que songes et mensonges ? Faire disparaître nos difficultés dans cette lumière d'illusion, faire s'évaporer notre lourdeur, changer nos larmes en scintillations, quoi de plus facile ? Pourtant, cette illusion faisait partie, à sa manière, du monde réel, et je devais en tenir compte.

*

Il y a là, j'en conviens, une étrange énigme. L'essentiel me paraît être qu'après des recherches plus ou moins longues tendant à une expression juste, on aboutisse, même si le résultat est provisoire et discutable, à une sorte *d'éclaircissement* qui nous réjouit. Y aurait-il donc en effet un but à atteindre ? Un instant où l'expression serait si juste qu'elle rayonnerait vraiment comme un astre nouveau ?

Je dois dire une chose, quitte à me couvrir de ridicule : c'est que la recherche de la justesse donne profondément le sentiment qu'on avance vers quelque chose, et s'il y a une avance, pourquoi cesserait-elle jamais, comment n'aurait-elle pas de sens ?

Notre œil trouve dans le monde sa raison d'être, et notre esprit s'éclaire en se mesurant avec lui.

*

En sommes-nous moins exposés à tout ce que la vie contient d'atrocité, sur les variétés de quoi je ne veux pas m'appesantir ? Cette nuit semblait répondre « oui » à cette question qui monte elle aussi des profondeurs ; elle semblait dire au corps : un seul geste, et tu n'auras plus de poids, plus de peines ; avance encore, monte encore, adore encore, et ce qui t'effraie se résorbera en fumées ; fais-toi de plus en plus fin, de plus en plus aigu et pur, et tu ne craindras point les plus douloureux, les plus extraordinaires changements. Ton œil a vu de telles merveilles que ton regard ne peut être confondu avec lui, ni avec quoi que ce soit de poussiéreux et de corruptible.

*

Mais encore, et encore, et encore ? Sur quelle balance peser ces mots trop prompts à affirmer et à nous réjouir ? Est-ce que nous ne tirons du monde que l'écho de nos désirs ? Du moins servirait-il alors à nous les faire apparaître ; et que la lune finalement, comme le veulent les Japonais, que cette nuit tout entière fût simplement un miroir, cela même ne serait pas si faux... Sombre miroir où paraissaient de loin en loin, parfois masqués un instant par un souffle de dormeur, des yeux très attentifs et très brillants, ou étaient-ce des lampes en divers points de l'espace continuant à brûler près d'amours inoubliables, de larmes lentes à couler, de pensées obstinées ? D'un de ces regards à l'autre, d'une de ces lueurs à la prochaine étaient des distances tendues comme des fils invisibles, distances qu'il fallait franchir, chemins sombres qu'il fallait prendre une bonne fois pour que toute l'image reflétée dans le miroir eût un sens ; lequel sens durerait peut-être même quand le miroir, à l'aube, serait brisé par l'irruption d'un nouveau jour.

*

D'images en images glisse avec bonheur la pensée qui est pareille à un rêve ; elles sont en effet comme des portes qu'on ouvre l'une après l'autre, découvrant de nouveaux logis, mettant en communication des foyers qui paraissaient incompatibles ; un esprit soucieux d'honnêteté en tirerait-il tant de joie si elles étaient absolument dépourvues de fondement réel ? Ne faut-il pas penser plutôt que, même sans être jamais vérifiables, elles nous portent vers ce qu'il peut y avoir autour de nous ou en nous de vérité cachée ; ou même qu'elles rebâtissent à chaque fois, dans l'esprit du songeur, des clartés toujours nouvelles et toujours à refaire ?

*

Qu'un poète soit un arbre couvert de paroles plus ou moins parfumées n'est pas une image très juste, puisque ses paroles changent et que nul ne peut les prévoir ; il est vrai cependant qu'un jour il semble s'écrouler comme l'arbre, et pourrir. Mais non sans avoir tout essayé pour que ce qui tombe alors ne soit plus qu'un vêtement superflu, l'uniforme de son office terrestre, et que tout ne se réduise pas à ce dépouillement.

*

(Paroles prononcées en l'air, sur les conseils de la lune, et que bientôt viendront disperser pluies de sang, cris de coqs égorgés comme des porcs et affolement de spectres au petit jour.)

LA RIVIÈRE ÉCHAPPÉE

Elle scintille à l'autre bout du pré, entre les arbres. C'est ainsi qu'on la découvre d'abord, un étincellement plus vif à travers les feuilles brillantes, entre deux prés endormis, sous des virevoltes d'oiseaux. Quelle merveille est-ce là, dit le regard, se faisant plus attentif. (Ainsi de l'oreille qui entendrait soudain, derrière des vitres, un instrument finement articulé comme la harpe ou le clavecin, ou encore quelque chose de plus naturel, de plus candide et de plus fort, comme un rire d'enfant.) Quelle merveille étincelle, non pas dans le haut des airs, que l'on sait propice aux apparitions, mais si modestement dans la terre ? C'est l'eau qui saisit la lumière, la brise, la prodigue dans un rire attirant, comme si nous allions trouver là une demeure pleine d'enfants ou de très jeunes filles. Mais c'est encore bien autre chose quand on s'approche. Un champ déshérité nous sépare de son lit incertain ; là-bas, de grands roseaux, de paisibles bouquets de peupliers noirs s'élèvent de la vase, et entre les îlots de galets, les racines des arbres emportés, coulent plusieurs divisions d'une eau rapide, limpide, étale cependant, qu'on voit enfin, lorsqu'on la suit des yeux, filer en scintillant, troupeau glacé, vers le couchant gris et rose. Cependant, bien que le jour soit encore clair, les oiseaux animés et brillants, chaque détail du monde parfaitement visible, déjà, si vous vous retournez, d'entre les branches de ces jeunes peupliers blancs dont les feuilles ont une face de métal, vous voyez non sans étonnement se détacher des nuages appesantis sur les chaînes de l'est une lune presque orange, parfaitement ronde comme un ballon.

Dans ce moment indécis de la fin du jour, tout ce qui reste de lumière paraît se concentrer sur les harnais de cet attelage et lancer des éclairs d'autant plus vifs que bientôt il aura disparu dans la nuit ; et sur leur dos, ces bêtes pressées semblent emporter un faix chancelant de brume et de fraîcheur.

*

Rivière précipitée ; foudre d'eau entre les herbes, circulation jamais interrompue de monnaie sur des tables de pierre... Un archer souterrain, du fond de quelque grotte à flanc de montagne, aurait-il tiré vers la mer cette flèche froide ?

*

Quel coup de hache dans les rochers ! L'eau n'est pas toujours gracieuse.

*

Parfois, dans la nuit, l'homme devient fauve ; le fragile, le doux, le peureux se sent pousser des ongles et des crocs ; le délicat brûle et dévore : vite un saut dans la rivière, pour quitter cet habit de feu ! Fraîcheur, neuve fraîcheur, transparence...

*

Je puis bien chercher de tous côtés : où que j'aille, l'eau m'accompagne de son froissement et s'associe à mes journées. Pas tellement la mer (trop grande, presque une abstraction !), pas tellement les lacs, un peu fades ; mais des fleuves, le Tibre jaune dans la jaune Rome, la Seine qui se trouble au printemps ; des torrents dans les Alpes, comme des machines tonnantes à fendre les rocs ; mais surtout, et maintenant je vais revenir sur mes pas, surtout n'importe quelles fines eaux dans l'herbe, sans nom, sans histoire, sans religion, filant et brillant dans l'herbe, comme la rivière d'ici qui s'appelle le Lez (et peut-être ce que j'ai vu de plus extraordinaire en ce sens était-ce la Corrèze, pays que pour cette raison je ne puis plus oublier : ce devait être en mars ou en avril, la route que nous suivions en voiture circulait parfois au sommet, parfois au flanc d'éminences plus ou moins hautes qui semblaient constituer un système assez complexe de vallées, il y avait beaucoup de châtaigniers, mais des forêts pleines d'air, et puis des prés, tout cela brun plutôt que vert, couleur de bois, donnant l'impression que le pays était construit sur des socles de pierre ; et alors, partout, sur ces pentes et dans ces combes, l'irrigation était assurée par de minces veines d'eau étincelante, incroyables dans cette apparence sèche, irrégulières comme les lignes de la main...).

*

Encore une fois, pourquoi cela plutôt qu'autre chose ? Cela est agréable, je le veux bien, mais quoi ? Est-ce à de tels pièges que ma vie se laissera toujours prendre ? Un homme qui serait guidé par les feux d'une rivière... Un homme qui dirait : je crois plutôt à cette lueur que j'ai vue passer entre des arbres déjà sombres et s'enfoncer dans la nuit, qu'en aucune loi humaine... Un homme qui dirait encore : il y a des passages dans les prés... Suis-je tout à fait écervelé ?

*

Me voici repensant, pour tâcher de mieux comprendre, à ce monde de joyaux en quoi semble se réduire, pour le poète irlandais dont j'ai parlé au début de ce livre, le paradis révélé au visionnaire. *Tu marchais parmi les pierres aux feux étincelants...* Ce rêve est aussi chez Baudelaire :

> *Architecte de mes féeries,*
> *Je faisais, à ma volonté,*
> *Sous un tunnel de pierreries*
> *Passer un océan dompté ;*
> *Et tout, même la couleur noire,*
> *Semblait fourbi, clair, irisé ;*
> *Le liquide enchâssait sa gloire*
> *Dans le rayon cristallisé.*

On pensera aussi, bien sûr, aux deux derniers quatrains de *Bénédiction*. Il y a longtemps que la pensée qu'ils expriment me poursuit, avec le désir de défendre, si l'on peut ainsi parler, contre les « bijoux perdus de l'antique Palmyre », les « miroirs obscurcis et plaintifs » que sont nos yeux humains.

Pourquoi donc ce rêve de joyaux ?

C'est la lumière prisonnière, rassemblée, condensée dans une cage ; ameutez toutes les rivières, tous les ruissellements de la terre, condensez-les, immobilisez-les jusqu'à ce qu'ils ne puissent plus fuir, jusqu'à ce qu'ils soient purs de tout désir de changement, purs de tout mouvement et de toute faute, et vous aboutirez au cristal ; saisissez, arrêtez les feux de feuilles dans les jardins, nettoyez-en la cendre et la chaleur, vous obtiendrez le rubis. Mais ces termes à eux seuls me gênent. Ils ne rendent en tous cas nullement compte de ce que j'aime dans les rivières et dans les feux, ils détachent ceux-ci de ma vie pour les figer dans un monde artificiel où la durée évoque plutôt la mort à laquelle justement l'on pensait échapper que ce qui a été appelé, dans une surprenante antithèse, la vie éternelle.

Il me semble, mais comment le faire comprendre ou seulement croire, que ce n'est pas dans ces préparations étincelantes (touchantes néanmoins au cou des femmes ou dans les tombeaux) que se concentrent la force, la réalité, la puissance qui nous permettraient d'envisager la mort avec plus de courage, mais justement, pourquoi ? en ces points du monde où celle-ci règne par la mobilité et la fragilité ; et, par exemple, dans les rivières ; et, plus précisément encore, dans ce fragment de rivière auquel je reviens toujours, ici, entre les arbres et les prés.

*

Chose curieuse, on dirait que les arbres, à s'approcher de cette rivière, rêvent de l'imiter ; saules et peupliers blancs brillent du même éclat, tremblent et se ploient avec la même fluidité pressée.

*

Il me faut bien l'avouer là aussi : ce n'est pas du tout ce que j'aurais aimé dire. Bien des images me sont venues à la réflexion parce qu'il n'est pas difficile de trouver des images, et souvent, même imprécises, elles ont un charme qui distrait. Je crains un peu qu'elles n'aient été, dans ce cas particulier, involontairement empruntées à d'autres esprits que le mien : bonnes chez d'autres poètes, elles deviennent insupportables ici. Et quand je pense à la rivière, à ce que fut cette rivière, j'éprouve une espèce de honte à l'avoir pareillement déformée. Une chose me reste néanmoins : que je découvris en elle une rencontre dans le mouvant et le fluide (comme celle de deux regards au sein de leur imperceptible et inévitable vieillissement) ;

un éblouissement né d'une rencontre, et cela dans un espace qui frémit, qui murmure et qui change. Mais je comprends aussi que cette énigme ne pouvait être abordée de front, avec cette lourdeur et cette grossièreté ; qu'il faut attendre et sournoisement, un jour, sans chercher à l'expliquer davantage, faire ressurgir cette rivière, ces feuilles, ces oiseaux, dans un poème qui pensait peut-être parler d'autre chose. Je l'accepte : il faut s'effacer tout à fait. La vérité sur les énigmes que nous propose le monde extérieur est peut-être que celles qu'on déchiffre s'annihilent, que les indéchiffrables seules peuvent nous nourrir et nous guider. Poésie, nourrissonne et servante des énigmes.

LA PROMENADE SOUS LES ARBRES

L'autre : — Il est vrai, je me demande parfois s'il est juste d'aimer les arbres comme vous le faites, et si vous ne vous égarez pas.

L'un : — Il n'y a qu'une chose dont je me soucie vraiment : le réel. Presque toute notre vie est insensée, presque toute elle n'est qu'agitation et sueur de fantômes. S'il n'y avait ce « presque » avec ce qu'il signifie, nous pourrions aussi bien nous avilir ou désespérer.

L'autre : — Je parlais de votre amour des arbres.

L'un : — Il n'est pas séparable de ce que j'ai dit. Venez que je vous en montre quelques-uns qui parleront mieux que moi. Ce sont des peupliers et quelques saules ; il y a une rivière auprès pour les nourrir, et une étendue d'herbe déjà, bien que nous soyons encore en mars. C'est en ce mois que, dans les forêts qui avoisinent Paris, j'ai ressenti pour la première fois peut-être à les voir une impression obscure et profonde, et maintenant je la retrouve ici, où il n'y a plus guère de forêts, et presque point d'eau.

L'autre : — Je ne vois rien de si étrange pourtant.

L'un : — Il n'y a jamais rien de « si étrange » dans ce qui me fascine et me confond. Je puis même dire en très peu de mots, et des plus simples, ce que nous avons sous les yeux : la lumière éclairant les troncs et les branchages nus de quelques arbres. Pourtant, quand je vis cela naguère, et maintenant que je le revois avec vous, je ne puis m'empêcher de m'arrêter, d'écouter parler en moi une voix sourde, qui n'est pas celle de tous les jours, qui est plus embarrassée, plus hésitante et néanmoins plus forte. Si je la comprends bien, elle dit que le monde n'est pas ce que nous croyons qu'il est. Ecoutez-moi : nous parlons d'ordinaire avec une voix de fantôme, et souvent, dans le moment même que nous parlons, nous souffrons déjà d'avoir été si prompts et si vains ; car nous avons le sentiment que chaque mot dit par le fantôme est dit en pure perte, et même qu'il ajoute encore à l'irréalité de notre monde ; tandis que cette voix-ci, avec son incertitude, qui s'élève sans que rien l'étaie de l'extérieur et s'aventure sans prudence hors de notre bouche, on dirait qu'elle est moins mensongère, bien qu'elle puisse tromper davantage ; on dirait surtout qu'elle ranime le monde, qu'à travers elle il reprend de la consistance. C'est une voix, semble-t-il (et qui en serait sûr ?), qui parle de choses réelles, qui nous oriente vers le réel...

L'autre : — Attendez. Il n'est pas aisé de vous suivre, et vous paraissez avoir oublié ces arbres.

L'un : — Quelle relation y a-t-il en effet de ces arbres à la naissance de cette voix ? Les mots dont je me suis servi il y a un instant pour les décrire, vous avez compris comme moi qu'ils étaient très loin de traduire ma fascination, et qu'ils relevaient encore, précisément, du langage du fantôme. Prenez donc patience, écoutez-moi quelques instants de plus ; si j'essaie devant vous de corriger et de nourrir ce langage spectral, même si je n'aboutis pas à la voix profonde, peut-être aurons-nous fait en chemin quelque découverte propre à nous intéresser tous deux.

L'autre : — Je feindrai donc d'avoir assez de loisir pour écouter.

L'un : — Dire comme je l'ai fait, à la légère, que ces arbres étaient nus, nous égare déjà vers des souvenirs ou des rêves qui ne sont pas de saison ; ces arbres sont beaux, mais d'une beauté d'arbre. Ce que nous voyons d'eux, simplement, c'est le *bois*, encore sans feuilles ; sentez-vous que ce seul mot déjà, loin de nous égarer, nous aide à pénétrer dans l'intimité de ce moment ? Quand nous considérons ces troncs nus et ces branches, ou plutôt quand ils nous sautent ainsi aux yeux, tout à coup, avec la brusquerie et la fraîcheur de ce qu'un coup de projecteur illumine et révèle, c'est du bois que nous voyons ; et sans que nous le sachions clairement, je crois qu'au fond de nous est touchée notre relation intime avec une matière essentielle à notre vie et presque constamment présente en elle ; et, sans que nous le sachions, encore une fois, ce sont plusieurs états du bois qui apparaissent en nous dans la mémoire, créant par leur diversité un espace et un temps profonds : ce peut être le tas de bois bûché devant la maison, c'est-à-dire l'hiver, le froid et le chaud, le bonheur menacé et préservé ; les meubles dans la chambre éclairés par les heures du jour ; des jouets même, très anciens, une barque peut-être ; l'épaisseur d'un tel mot est inépuisable ; mais nous n'en sentons maintenant que l'épaisseur, et non pas les couches diverses dont je viens d'imaginer quelques-unes ; nous ne sommes donc pas dispersés, mais nous avons le sentiment d'avoir posé le pied sur de profondes assises.

L'autre : — Cela n'est pas sans un rien de vraisemblance ; et toutefois, je suis plein de doutes...

L'un : — Poursuivons quand même nos erreurs. Car l'essentiel n'est pas ce que j'appellerai maintenant « le bois de mars » (et je devrais, pour être plus complet, vous parler aussi de ce mois poignant) ; mais bien, une fois de plus dans ma vie de fantôme, la lumière qui le touche.

Cette lumière, la plus commune des lumières de printemps, n'en a pas moins quelque chose de surprenant : merveilleuse, et presque un peu effrayante, dure ou cruelle. Elle n'a rien des feux du soir, ni des cuivres de l'automne (cette boutique de chaudronnier) ; plutôt serait-elle un peu froide dans sa fragilité, comme quelque chose qui commence et, par timidité, se raidit. Considérez que nous ne pensons pas au soleil en la voyant, et que nous ne l'avons pas cherché ; car on dirait, vous ne le nierez pas, qu'elle est plutôt la lumière même du bois, et que ce sont les arbres qui éclairent...

L'autre : — J'espère que vous êtes conscient de l'extrême subjectivité de vos remarques, et que tout cela contredit gravement la vérité.

L'un : — Eh certes ! Disons que je poursuis une autre espèce de vérité, et continuons, car nous approchons peut-être d'un centre.

Bientôt l'été nous cachera la charpente des forêts ; nous sommes à un moment très clair de l'année, et ce que nous voyons ici, tandis que les premiers oiseaux prennent possession de l'air, c'est une *rencontre* merveilleuse (et dans la rivière nous avons pu en voir une autre) : la lumière est une puissance inouïe et je pense que nous l'aimons plus que tout ; mais comme les grandes passions ne nous apparaissent quelquefois qu'à l'imperceptible tremblement d'une main de femme, ou à cette larme vite essuyée, s'il n'y avait ici ces peupliers pour l'accueillir et s'en éclairer, que saurions-nous de la lumière ? Plus tard, de toutes leurs feuilles, ils nous découvriront le vent.

Je me suis évidemment très mal exprimé, et j'en conviens. Ne sentez-vous pas néanmoins, obscurément mais profondément peut-être comme moi, qu'il y a dans ces rencontres la manifestation d'un haut degré de réalité en même temps qu'une sorte d'ouverture ou de chemin pour le regard ? Il faut bien qu'il y ait une raison à notre bonheur sous ces arbres. Ce que je puis vous en dire aujourd'hui, tout provisoirement, avec la naïveté et l'incertitude inséparables des propositions de notre voix profonde, c'est que les arbres sont à mes yeux les premiers serviteurs de la lumière, et, par voie de conséquence, si vous me permettez encore cette folie un peu soudaine, que c'est la mort qui éclaire nos journées, quand nous nous arrachons à notre condition de fantômes.

L'autre : — Etes-vous sûr de ne pas mentir ?

L'un : — J'aimerais seulement que ces paroles échangées sous les arbres ne nous fassent pas plus d'ombre qu'eux.

REMARQUES SANS FIN

Il est un texte que je ne puis relire sans en être frappé, aussi l'ai-je déjà cité souvent ; c'est le brouillon fragmentaire, heureusement parvenu jusqu'à nous, d'une lettre de Hölderlin à Diotima, lettre datée de Hombourg, juin 1799 (Hölderlin avait alors vingt-neuf ans), et dont voici la traduction partielle :

Chaque jour il me faut recommencer à appeler la divinité disparue. Quand je pense aux grands hommes des grands moments de l'histoire, chacun se propageant comme un feu sacré, transformant le bois mort et la paille du monde en une flamme qui volait avec eux jusqu'au ciel..., puis que je pense à moi, moi qui si souvent rôde comme une veilleuse tremblante, prêt à mendier l'aumône d'une goutte d'huile pour luire un moment encore dans la nuit..., alors, vois-tu, un étrange frisson me parcourt tout entier et à voix basse je m'interpelle d'un nom terrible : Mort vivant !

Sache que cela tient à la peur que les hommes ont les uns des autres, ils craignent que le génie de l'un n'aille consumer celui de l'autre, et c'est pourquoi, s'ils veulent bien ne pas se pleurer la nourriture et la boisson, ils sont jaloux de tout ce qui nourrit l'âme et ne peuvent souffrir qu'aucune de leurs paroles ou de leurs actions soit recueillie par d'autres en esprit et changée en flamme. Les insensés ! Comme si rien de ce que les hommes peuvent se dire était davantage que du bois à brûler, qui ne redevient feu que lorsqu'il a été saisi par le feu spirituel, tout comme il provient de la vie et du feu...

Je ne sais s'il est une seule page qui exprime plus justement et plus fortement le souci profond du poète moderne ; d'ailleurs, toute l'œuvre de Hölderlin (et c'est sans doute pourquoi elle nous est devenue si chère aujourd'hui) n'existe que dans le regret de ce feu et l'attente d'un nouveau matin :

...Ah! que dire encore ? Que faire ?
Je ne sais plus, — et pourquoi, dans ce temps d'ombre misérable, des poètes ?
Mais ils sont, nous dis-tu, pareils aux saints prêtres du dieu des vignes,
Vaguant de terre en terre au long de la nuit sainte.
(Le Pain et le Vin, trad. G. Roud.)

Il semblerait qu'en nous éloignant de l'origine, nous nous soyons en effet éloignés aussi d'une source de force, d'un centre de vie, d'une espèce de plénitude intérieure. Quelque chose en effet nous laisse supposer, dans les poèmes et les œuvres d'art des périodes dites « primitives », que ce sentiment de plénitude leur était comme naturel. L'impression tout à fait particulière que nous retirons par exemple de la lecture d'Homère, mais aussi bien de celle de textes orientaux plus anciens encore (impression peut-être trompeuse, il est vrai), est que le poète était alors au cœur même de cette plénitude et n'en avait donc pas conscience ; alors que depuis nous n'aurions cessé de nous en éloigner, de sorte que les poèmes des époques postérieures parlent plutôt de la nostalgie, de la recherche, ou de la brusque et éphémère redécouverte, de cette plénitude. (D'où leur infériorité, nous paraît-il, mais aussi leur caractère plus tragique, plus frêle et plus poignant.)

On peut évidemment se demander ce que signifie cette nostalgie qui semble condamner toute évolution dont bien des aspects, néanmoins, ont de quoi nous rendre fiers. C'est une question à laquelle je ne puis donner de réponse assurée (trop de questions se pressent dans notre esprit) ; tout au plus puis-je penser qu'il y a une fatigue des civilisations et qu'il est difficile de vivre quand se multiplient les menaces d'anéantissement. Je me contenterai de constater la force de ce sentiment chez la plupart des créateurs d'aujourd'hui.

Pour moi, en tous cas, j'éprouve violemment, à chaque fois que, après de longs mois de travaux forcés ou même de plus brèves interruptions, j'essaie de revenir à la poésie, la distance grandissante, et peut-être incommensurable, qui me tient séparé de ce lieu intérieur, non situable où elle peut encore, si imparfaite, si précaire soit-elle, ressurgir. Il me faut, à chaque fois, rétablir l'ordre et le silence, écarter les obstacles quotidiens, me retrouver dans la fraîcheur initiale, un bref instant retrouvée et tout de suite reperdue. Comme si s'était formée autour de nous une carapace de mensonges et d'erreurs qu'il faudrait à chaque fois faire tomber, ne serait-ce que pour y voir clair. Comme si l'origine n'était pas absolument perdue pour nous, qu'on ne dût pas la confondre avec l'origine temporelle, qu'on pût la retrouver en soi et donc ne pas désespérer tout à fait de l'avenir. On comprendra, dès lors, que rien ne reste, dans des textes comme ceux que l'on vient de lire, de la splendide assurance, de la netteté et de l'autorité « primitive » : ce sont là des qualités qu'on ne singe pas. On comprendra également que si la poésie d'aujourd'hui semble à beaucoup tortueuse, incertaine et obscure, ce peut être le signe qu'elle est vraiment fidèle au souci de notre temps et qu'elle en a accepté même les erreurs.

*

Faudrait-il donc souhaiter simplement le retour des dieux ? Mais on s'égare dans la nostalgie des anciens rituels et de la poésie sacrée ;

d'autre part, il est impossible de ne pas voir aussi la grossièreté des idoles qui, sous prétexte de nous libérer des anciens tyrans, trônent, couvertes de sang et d'or, sur le socle de notre siècle. Je préfère encore rester attentif à ces quelques lueurs douteuses, mais pures, qui viennent parfois éclairer mon travail. Naturellement, il n'est pas aisé de s'y tenir quand des pans entiers de notre monde vacillent ou s'écroulent à grand fracas.

*

Mais il est temps d'en revenir à ces quelques « paysages » qui, selon ce que j'en ai dit tout d'abord, devaient illustrer la difficile et patiente recherche d'une lumière indubitable et juste. Ce qui me frappe d'abord en les relisant, c'est une sorte de légèreté et de rapidité superficielle qui s'accorde mal avec l'idée que je semblais m'en faire alors ; en second lieu, c'est qu'aucun d'entre eux ne me donne vraiment satisfaction, et que, sans doute, il n'en pouvait être autrement.

D'où provient donc cette légèreté hâtive ? Elle peut être de la paresse, une timidité sacrée devant les énigmes, de la médiocrité d'esprit, du manque de temps... Il y a sûrement un peu de tout cela. Mais je me demande s'il n'y a pas aussi autre chose, qui serait plus intéressant à examiner : une sagesse, une justesse inconscientes (et dont, par conséquent, je n'aurais pas à me glorifier). Comme si, en fin de compte, il valait mieux ne pas trop s'appesantir ; comme si des vérités surgissaient une seconde pour le regard prompt et bientôt détourné d'un oiseau sans poids. Aussi bien vais-je peut-être continuer sur ce ton, quitte à devenir un autre jour un esprit lent, attentif et méthodique.

*

Une chose est à mes yeux parfaitement claire : dans les textes qui précèdent, j'ai essayé d'interroger mon émotion devant des paysages, j'ai essayé de comprendre ce qui, sous la lune ou les arbres, à la vue des eaux ou des montagnes, m'avait si profondément atteint que leur beauté me semblait comparable à la mort, capable de la contrebalancer ; or, dans cette recherche, je n'ai cessé de tendre, le plus souvent sans m'en rendre compte tout de suite et toujours sans le vouloir, au poème proprement dit ; mais jamais je n'ai pu y aboutir. Il est donc absolument clair, à mes yeux, que ces textes devront être par moi oubliés, laissés au moins en arrière, qu'ils représentent une sorte de déblaiement des erreurs qui pouvaient gêner le poème, obscurcir l'émotion initiale ou le paysage qui la suscita. Même légers et hâtifs comme ils se présentent, ils sont encore beaucoup trop embarrassés et bavards pour satisfaire personne. On voit en fin de compte qu'ils se pourraient réduire à quelques phrases, qu'on pourrait n'en garder qu'une ou deux comparaisons, quelques images plus ou moins développées. Il faut bien que j'en vienne à cela.

*

L'écrivain autrichien Robert Musil, dans un chapitre de son vaste roman, *Der Mann ohne Eigenschaften*, s'est moqué des comparaisons comme si elles étaient une manière d'échapper à l'objet qu'elles prétendent, en général, honorer. Il écrit ceci :

Il semble que le brave réaliste, l'homme pratique n'aime jamais sans réserves et ne prenne jamais tout à fait au sérieux la réalité. Enfant, il se glisse sous la table pour faire de la chambre de ses parents, quand ils ne sont pas là, le lieu de toutes les aventures ; adolescent, il rêve d'une montre ; jeune homme à montre d'or, il rêve de la femme parfaite ; homme avec montre et femme, il rêve d'une haute situation ; et quand il est enfin parvenu à boucler ce petit cercle de désirs, qu'il y oscille paisiblement de-ci de-là comme un pendule, sa provision de rêves insatisfaits n'en paraît pas pour autant s'être le moins du monde réduite. Car, s'il veut s'élever désormais, il lui faut recourir à la comparaison. Sans doute parce qu'il arrive à la neige de lui déplaire, il la compare à de miroitants seins de femme ; et dès que les seins de sa femme commencent à l'ennuyer, il les compare à de la miroitante neige ; il serait atterré si leurs pointes se révélaient vraiment un beau jour becs de colombe ou corail serti dans la chair, mais poétiquement, cela l'excite. Il est en mesure de changer tout en tout (la neige en chair, la chair en fleurs, les fleurs en sucre, le sucre en poudre et la poudre, à nouveau, en friselis de neige), car la seule chose apparemment qui lui importe est de faire des choses ce qu'elles ne sont pas ; excellente preuve qu'il ne peut supporter longtemps d'être au même endroit, quel qu'il soit.

C'est critiquer là, avec juste raison, la facilité excessive avec laquelle les images obéissent à nos désirs ; les enfants en inventent, à un certain âge, tous les jours ; les surréalistes en ont inondé la poésie moderne. Pour peu qu'on cède à cette pente, il se produit un foisonnement de relations plus ou moins bizarres entre les choses qui peut, à bon marché, faire croire que l'on a découvert les secrètes structures du monde, alors qu'on a simplement tiré le maximum d'effets de l'imprécision d'une expression. Ainsi est née cette poésie plus profuse que riche, plus scintillante que lumineuse, plus tapageuse que chantante, qui est à la portée de tout esprit inventif et téméraire, et finalement ne vaut pas mieux que les autres fausses richesses dont nous sommes aujourd'hui à tous les coins de rue aveuglés. Poésie qui, d'ailleurs, s'écroule perpétuellement sur elle-même comme un jet d'eau (on ne lui refusera pas quelques frais éclairs).

*

Mais Musil lui-même, si rigoureux qu'il fût, dut bien recourir à son tour à l'image, et sut d'ailleurs fort bien louer celles dont est tissée la poésie d'un Rilke.

Il est évidemment des images, des rapprochements qui ne naissent pas du tout du désir (inconscient ou non) de fuir, de cacher ou d'altérer le premier terme de la comparaison. Tout au contraire. Il arrive par exemple qu'un amour véritable fasse réellement tomber en nous les distances, que le corps d'une femme, que ses yeux ou sa bouche ne puissent plus être dissociés du paysage entrevu derrière elle, et cela non point pour « faire plus beau », mais selon notre plus stricte vérité intérieure. (Ce cas, précisément, est particulièrement net en maint endroit du roman de Musil.) Il est probable que de grandes émotions nous font pressentir nos liens avec le monde extérieur, nous suggèrent une unité cachée et nous font retrouver des images très anciennes qui semblent déposées à une certaine profondeur de la mémoire humaine. Peut-être ces espèces de révélations nous sont-elles accordées parce que nous sommes détachés de nous-mêmes et plus ouverts aux leçons du dehors. C'est alors à nos yeux émerveillés comme si le monde apparaissait autour de nous éclairé de telle façon que nous découvrions les fils qui relient les êtres aux choses, comme la vision d'une œuvre musicale qui se serait immobilisée devant nous avec tous ses rapports, ses silences et ses accents.

De cette sorte d'images, les textes qui précèdent ne donnent pas d'exemple, et je ne crois pas nécessaire de m'y arrêter davantage ; il suffirait de feuilleter n'importe quelle anthologie poétique pour en retrouver aussitôt de nombreuses traces.

*

En revanche, des textes comme *Sur les pas de la lune* ou *L'Approche des montagnes* aboutissent à des images d'une nature un peu différente. Sous un certain éclairage, les choses n'apparaissent plus dans leurs correspondances secrètes, mais dans leur possibilité de métamorphose ; nous ne voyons plus simplement un monde immobile dont les structures et l'éventuelle unité sont devenues visibles par la puissance enivrée de nos yeux, mais un monde qui semble prêt à changer, qui se meut, qui tend à une autre forme ou paraît au moins en contenir la possibilité.

Montagnes, toiles flottantes...

Là aussi, bien sûr, tout est possible à un esprit peu scrupuleux et soucieux uniquement de surprendre le lecteur. Mais les images qui comptent sont celles qui nous sont imposées par un sentiment d'abord confus, et qui se précise au cours même de la recherche ; dans ce cas particulier, je ne peux pas ne pas supposer que, si j'avais été touché si profondément par ces moments où la lumière semblait changer le monde, et le changer dans un certain sens, le faire monter, s'alléger, flotter entre ciel et terre, c'est que cette métamorphose illusoire correspondait en moi à un rêve profond, et que l'élucidation progressive de ce rêve me réjouissait à la manière de tout éclaircissement. Le secret de ces moments était un secret de mon âme, touchant de près aux rapports de ce qu'il faut bien appeler la matière et l'esprit, le pressentiment que celle-ci n'était pas absolument hétérogène à celui-là, mais que chacun d'eux pouvait être un état différent, l'un plus lourd et l'autre plus subtil, d'une seule et même énergie, et que tout au fond de moi il y avait un désir de ne rien rompre, mais seulement de changer imperceptiblement pour finalement me confondre avec l'air. Il était donc naturel que j'eusse éprouvé si fortement, si légèrement aussi, le sentiment d'une ouverture, d'un passage ; la beauté de la terre, en ces moments-là, c'était que son désordre s'effaçât au profit d'un simple mouvement de bas en haut, mouvement élémentaire, profond, indubitable malgré son irréalité, sorte d'image vivante et même pleine de tendresse et de grâce, d'une loi que peut-être la science avait déjà exprimée ou exprimerait un jour sans qu'elle pénètre alors en nous avec autant de persuasion.

Il me semble aujourd'hui impossible d'expliquer la profondeur de mon émotion autrement que par ce contact avec les éléments essentiels du monde et de notre vie, de sorte que, dans ce sens, la poésie qui cherche à saisir ces émotions serait bien une manière de nous ramener à notre centre, à un centre qui, comme je l'ai dit en commençant, semble s'être infiniment éloigné de nous.

*

Mais vient un moment où l'on s'aperçoit que les images même les moins fausses gênent encore notre souci de la vérité absolue, et qu'il faudrait les dépasser. Dire d'une femme dont les yeux s'ouvrent qu'elle est comme le lever du jour, dire des montagnes absorbées par une lumière vaporeuse qu'elles sont des toiles ou qu'elles deviennent des fumées, cela n'est pas un mensonge sur le plan de l'esprit sans doute ; nous devinons grâce à ces paroles la fluidité de l'espace que nous habitons, et peut-être même le sens de ses mouvements... Mais ces images de toiles et de fumées tendent néanmoins à nous détourner des montagnes et, si légères soient-elles, dans ce comble de légèreté qu'est la lumière, elles encombrent encore notre regard, et leur sonorité notre ouïe. Le rêve qui nous saisit à ce moment-là est celui d'une transparence absolue du poème, dans lequel les choses seraient simplement situées, mises en ordre, avec les tensions que créent les distances, les accents particuliers que donne l'éclairage, la sérénité aussi que suscite une diction régulière, un discours dépouillé de tout souci de convaincre l'auditeur, de faire briller celui qui discourt, ou, à plus forte raison, de lui valoir une victoire de quelque espèce que ce soit.

*

J'observai ceci plus particulièrement à propos des arbres et de la rivière. Il me parut que si les arbres et la rivière m'avaient fasciné, ce n'était pas parce qu'ils ressemblaient à autre chose que j'aurais déjà beaucoup aimé : des jeunes filles nues ou seulement leurs rires dans un jardin (bien que cela aussi fût présent plus ou moins en surface) ; ce n'était pas non plus parce qu'ils semblaient susceptibles de changer ou de s'alléger ; mais essentiellement, du moins ai-je pu le croire, parce que j'assistais alors à la rencontre d'éléments simples, parce que le bois et l'eau me faisaient découvrir ou le vent, ou la lumière, ou tous les deux ensemble, c'est-à-dire que le visible me révélait l'invisible, l'obstacle le mouvement et la direction du mouvement. Là, je découvrais non pas un mirage reflétant mes profondeurs et les dévoilant, mais un événement tout à fait réel et simple, particulièrement simple, puisqu'il s'agissait des choses reconnues parmi les plus communes, et que cela se passait en outre soit un peu au-dessus du sol, pour les arbres, soit vraiment dans la terre, dans l'herbe, à la portée de n'importe quel regard même distrait. Je crus comprendre alors la nécessité pour nos yeux, et non moins pour notre être, âme, cœur, esprit comme on voudra nommer les formes de notre vie intérieure, d'un obstacle et d'une limite, donc aussi bien d'une fin, pour que cet être pût, précisément, briller et même tout bonnement vivre. Je crus comprendre un instant qu'il nous fallait bénir cette mort sans laquelle la lumière et l'amour, de même que nos paroles, ne pourraient plus avoir aucun sens, ni d'ailleurs aucune possibilité d'existence.

J'étais obligé de me dire, toujours avec hâte légère, que c'était de la mort que devaient sourdre toute la beauté de notre vie et vraiment nos joies les plus profondes ; mais d'autre part, que ces joies étaient si intenses, cet émerveillement si inépuisable qu'ils ne pouvaient accepter leur source, qu'ils tendaient de toutes leurs forces à la dépasser, à remonter plus haut ou à la faire d'une certaine manière éclater.

*

J'en reviens maintenant au dépassement des images, et je voudrais essayer de comprendre ce qui se passe dans la poésie à ce stade, bien que j'aie conscience de m'aventurer là dans des difficultés encore accrues.

Il me semblait donc, à propos des arbres ou de la rivière, mais finalement peut-être aussi à propos des précédents exemples, qu'il fallait renoncer aux trouvailles, même heureuses, pour simplement situer dans un certain air ce que j'avais vu. Cela paraît d'abord plus simple que toute autre chose, alors que c'est justement le plus difficile et le plus rare, ce moment où la poésie, sans en avoir l'air puisqu'elle s'est dépouillée de tout brillant, atteint à mon sens le point le plus haut. Je crois que la poésie de Dante est, en grande partie, de cet ordre ; celle de Leopardi aussi, dans une coloration différente ; et le meilleur de Baudelaire, de Verlaine, de Claudel même, comme les derniers poèmes, si limpides, de Hölderlin. On pourrait penser, à première vue, qu'il s'agit d'une régression vers le prosaïsme et la banalité, puisqu'un Hölderlin, par exemple, après avoir inventé tant d'images violentes et de tournures inimitables, se met à parler un langage absolument commun :

*Etait-ce le printemps ? L'été ? Le rossignol
Au chant si doux vivait dans les bocages
Tout près de nous, avec tous les autres oiseaux,
Et les arbres nous baignaient de leurs baumes.*

*Les pâles sentiers, les arbrisseaux nains, le sable
Où posait notre pas rendaient plus attirantes,
Plus adorables, l'hyacinthe,
Ou la tulipe, la violette, l'œillet...*

(*Wenn aus der Ferne*, trad. G. Roud.)

Quoi de plus « simple », aussi bien, que les sublimes dialogues des héros chez Homère, qu'un récit comme celui de Francesca da Rimini :

> *Nous lisions un jour par agrément*
> *de Lancelot, comment amour l'émut :*
> *nous étions seuls, sans nul pressentiment...*

ou encore une plainte comme celle de Leopardi, dans *Le Soir du jour de fête :*

> *O mon amie,*
> *déjà tous les chemins se taisent, et aux balcons,*
> *ici ou là luit la lampe nocturne :*
> *tu dors, toi qu'accueillit un facile sommeil*
> *en tes paisibles chambres...*

Et cependant, rien de plus difficile à atteindre que ce ton-là...

Qu'est-ce donc qui distingue ces textes de n'importe quelle évocation de souvenir, de n'importe quel récit fait par un homme simple ? Rien de ce qui est dit là ne frappe par l'originalité ou l'invention ; simplement, il y a d'abord un rythme, volontaire mais plus ou moins soumis à des règles conventionnelles, rythme dont le principal effet est sans doute de dégager immédiatement le texte de tout souci d'utilité afin qu'il flotte dans l'air un peu au-dessus de l'utile mais pas trop au-dessus pour ne pas perdre contact avec l'espèce de réalité au sein de laquelle vivent les hommes. La poésie devient alors simple nomination des choses, et rejoint, sans pour autant se confondre avec elle, une certaine forme de prière.

Déjà Toukâram, ce fils de boutiquier marathe du XVIIe, qui ne savait ni lire ni écrire et transmit à des brahmanes les psaumes que chantent aujourd'hui encore les pèlerins hindous, chantait :

La prière du Nom : vraiment, c'est l'œuvre de salut la plus facile à accomplir :
elle brûlera les fautes de tes vies passées.

Et ailleurs :

Ton Nom est le passeur sur le fleuve du monde.

Car « Dieu habite dans Son nom », ainsi que l'écrit le traducteur de ces psaumes. Il ne s'agit pas là de quelque grossière opération magique, mais du pouvoir de l'humilité et de l'adoration quand elles sont absolument pures. A ce point de mes réflexions, je ne puis faire autrement que d'entrer dans des considérations de morale, si je veux du moins essayer de m'expliquer comment une telle émotion peut naître de poèmes aussi simples que ceux que je viens de dire, et aussi en quoi leur simplicité diffère entièrement du prosaïsme, de la familiarité ou de la brutalité du style direct, si fort en vogue aujourd'hui.

*

Peut-être ne pouvons-nous plus, maintenant, nommer Dieu (et il serait vain de perdre son temps à le déplorer) ; infiniment éloignés de la source et remplis de méfiance à l'égard des fades images qu'on nous en donne, si nous cherchons honnêtement des yeux ce qui reste d'elle, nous n'en trouvons que des reflets fugaces ; et du tonnerre du Sinaï, nous n'entendons plus qu'un murmure intermittent. Du moins continuerons-nous à nommer ces lueurs et ces murmures, qui nous apparaissent dans la terre, dans les choses, dans le visible. Mais précisément, pour les nommer décemment, il faut non seulement une certaine expérience de l'outil verbal, mais aussi, et d'abord, un certain état intérieur (et pourquoi ne pas rappeler Boileau, pour une fois : « Le vers se sent toujours des bassesses du cœur » ?). La moindre impureté du regard viendrait gêner la vision du monde où ces lueurs sont enfouies ; le moindre souci de réussite en entacherait l'expression.

Oui. Dans les pages auxquelles j'ai fait allusion il y a un instant, et dans d'autres comme la fin du *Cantique du peuple divisé* de Claudel, on dirait que le poète, d'une voix qui se souvient, à la fois ardente et détachée, nomme le monde avec révérence. La distance qui longtemps l'en sépara s'est abolie, il n'y a donc plus pour le rejoindre ni larmes, ni effort. Il y a seulement l'épanouissement naturel de la lumière en paroles, ou comme une sorte de culte rendu par l'homme à la lumière.

*

Ce qui est singulier (mais pas tellement après tout), en tout cas merveilleux, c'est que le travail poétique, ainsi conçu, semble obéir aux mêmes lois que la conduite de notre vie. J'ai pu croire, jadis, je crois encore quelquefois qu'il faut s'acharner sur les mots (j'avais l'air de le croire en particulier en commençant ce livre). Cette idée d'acharnement a pour elle une espèce de grandeur tragique, et toute une part de nous-mêmes s'en trouve évidemment flattée. Mais l'acharnement, on l'a vu, ne me réussit pas. Il fallait plutôt, simplement, que j'eusse veillé à me maintenir dans cet état d'équilibre entre les contraires dont j'ai parlé pour que, me trouvant avec le monde dans un rapport naturel, je rétablisse un rapport identique avec les mots.

Je ne veux pas dire que le poème soit donné ; ou même seulement facile ; je ne veux pas dire non plus qu'il puisse naître n'importe quand ; mais simplement que le travail poétique semble lui aussi exiger ce singulier équilibre entre la volonté et l'instinct, l'effort et l'abandon, la peine et le plaisir.

C'est ainsi, tout à la fois, un exercice et une récompense. Un exercice, car il exige à chaque fois que l'on se retrouve en cet état de transparence ; et le travail que l'on opère sur les mots, tour à tour les laissant faire, puis les reprenant, les modifiant, de sorte qu'à la fin leur légèreté et leur limpidité soient aussi totales que possible, ce travail n'est pas seulement cérébral : il agit sur l'âme, en quelque sorte, il l'aide à s'alléger et à se purifier davantage encore, de sorte que la vie et la poésie, tour à tour, s'efforcent en nous vers une amélioration de nous-mêmes, et une clarté toujours plus grande.

Il faut évidemment se dépouiller de sa mauvaiseté, on n'en sort pas autrement. Il faut cesser de vouloir étonner à tout prix, ou accomplir de basses vengeances, ou plaire, ou servir des causes. Alors, il semble bien que tout s'éclaire de nouveau, et on ne sait pas au juste comment. Quelque chose de merveilleux et de proche nous presse enfin de toutes parts, une promesse, presque une assurance, certes bien inattendues, nos misères ont maintenant des ailes, elles volent, nos paroles volent dans la lumière transparente, comme les hirondelles rapides aux soirs d'été, et au-dessous la vie de l'homme continue avec les changements du jour. Peut-être n'y a-t-il pas d'autre réponse possible.

*

Il ne s'agit pas pour autant, j'y insiste, d'un envol, ou d'une fuite dans les « régions pures » célébrées par A. E. Il ne faut pas louer les choses comme si elles faisaient partie d'un paradis bienheureux que nos seules faiblesses empêcheraient de se dévoiler entièrement, car aussitôt, une oreille sensible à la justesse percevra dans les mots l'altération de la vérité : et pourtant, la plus grande part de la poésie est de cet ordre, doucereuse peinture de nuées bien faite pour la disqualifier aux yeux des serviteurs fatigués du quotidien. Non. Si ce que j'ai cru comprendre des sources de la beauté n'est pas illusoire, il faudrait, non point que nous acceptions la contradiction qui règne sur notre vie, mais que nous entrions en elle, que nous nous portions à son extrême pointe, c'est-à-dire que nous vivions en adorant la beauté d'autant plus ardemment qu'elle est plus fragile, en ce lieu où il y a le plus de joie parce qu'il y a aussi le plus de menaces.

*

Reprenons inlassablement notre propos : j'ai cru comprendre, à la faveur de cette recherche, une ou deux choses au moins. Que certaines images, spontanées ou longuement poursuivies selon l'état de mon esprit, me faisaient dépasser les apparences et dévoilaient quelques éléments, quelques lois simples de notre vie ; puis, que la seule nomination des choses visibles, dans un certain état d'équilibre entre la tension et le détachement, créait de mon esprit au monde un invisible réseau, un tendre et lumineux rapport, grâce auquel le monde, cessant de m'être hostile ou même simplement de m'échapper, devenait ressource, demeure et trésor. Que faisais-je alors, sinon, à ma manière qui n'est point celle des ingénieurs mais a peut-être aussi sa justification, le changer ? A mes moments d'assurance, je me voyais comme un serviteur du Visible, et non plus comme son déchiffreur. J'imaginais toute la matière aspirant à se métamorphoser lentement, même et peut-être surtout ses parties les plus basses et les plus dédaignées ; appelant notre esprit au secours pour qu'il l'arrache à sa pesanteur ; aspirant à passer à travers nous, à ressortir par notre bouche ; comme si toutes choses cherchaient à devenir de plus en plus graciles et de plus en plus lumineuses, à monter sans relâche, grâce à l'amour qu'elles nous inspirent, vers une sorte de cime ; et cette cime atteinte, toute peine, tout mouvement, toute parole cesseraient automatiquement dans un état qu'il est absolument vain de vouloir évoquer ou même comprendre. La réponse (provisoire) à toutes mes questions était ainsi qu'il ne fallait rien refuser des difficultés, des limites et des fautes attachées à notre monde ; qu'il ne fallait pas non plus les rechercher, mais, très simplement somme toute (et tant pis si cette simplicité devait gêner quelques esprits tortueux qui trouvent une volupté dans les méandres), vivre la vie de tous les hommes, avec les yeux bien ouverts ; regarder intensément le monde, adorer le monde dans sa figure mortelle, mais sans oublier que ce regard, cette adoration, cette patience dans un travail à la fois plaisant et difficile, tendent à l'exaltation toujours plus triomphante de la lumière ; et que la lumière est peut-être, à sa fine pointe, l'instrument du passage dans ce qui ne peut plus être ni lumière ni obscurité.

*

Je la vois maintenant en cette fin de journée d'août, après que le vent a dispersé les nuages qui ne sont tout au plus désormais que ses miroirs ; les travaux sont achevés pour un temps ; quelques oiseaux tournent au-dessus des toits ; derrière, qu'on ne voit pas encore, sont les astres qui eux aussi tournent et flamboient ; et plus loin en arrière, non plus cette fois dans le ciel visible mais tout au fond de notre cœur, se tient la mort qui nous envoie ses déchirants rayons. Louée soit donc la mort qui nourrit notre passion, loué soit ce vent qui anime les feuilles légères des acacias sur la place, loué soit l'amour qui fait s'élever la louange sur la faute et qui emporte notre esprit dans ses serres de puissant oiseau, afin qu'il atteigne les plus transparents étages de l'air.

NOTE I

Que les oiseaux tournoient dans le soleil ; que ces paroles brillent sans aucun poids un instant encore avant la nuit. Je me doute bien qu'il ne manquera pas de spectres pour les disperser aux heures étroites d'avant l'aurore. Je n'ai pas besoin de lampe ; je descends l'escalier, je sors sur le seuil de ma maison tandis que les bien-aimés dorment, et je bute sur un homme mort ; n'aie donc point de peur, souffle une figure voilée, avance encore dans la rue : je vois une ombre en pleurs qui referme une porte derrière elle, qui s'enfuit avec les cheveux en désordre... Nulle tâche n'est jamais achevée, nulle course ne trouve sa fin, nul hymne de triomphe ne peut s'élever sans que sa face brillante, brusquement détournée, ne nous ait montré ses blessures. J'ai eu l'air d'oublier ces vérités pour le bonheur de monter d'image en image et d'allégement en allégement ; ce livre aurait besoin d'une palinodie, peut-être, pour que l'on y prenne du monde une vue plus juste et plus ample. Je devrais montrer un jour que dans la terre d'où surgissent les trompettes dorées des fleurs, il y a un grouillement de larves blanches, de fantômes, de cadavres ; nos cris de triomphe s'élèvent sur des spectres enfouis.

NOTE II

30 août 1956... Cette nuit, vers les trois heures du matin, je me suis levé brusquement parce qu'une clarté assez vive avait atteint le lit ; c'était une fois de plus la lune, mais un simple croissant parmi des constellations différentes à cause de l'heure ; il faisait froid, il me semblait n'avoir jamais vu Orion si clair, si proche, le silence était absolu, au point que je n'entendis pas un bruit, ni de vent, ni d'oiseau, ni de voiture pendant peut-être une demi-heure. L'effroi me prit, et toutes sortes de pensées se bousculèrent en moi.

Pour commencer, je fis une remarque dont je pensai qu'elle plairait à Ponge : c'était que personne, des écrivains dont je pus alors me souvenir, n'avait été à la hauteur d'un tel spectacle (Ponge compris, quelque admiration que j'aie pour sa « Nuit baroque »). J'avais devant moi du haut en bas de la vue comme un coup de tonnerre glacé, congelé, une explosion immobile, quelque chose de proprement atroce. Mon étonnement devant l'insuffisance de la poésie s'étendit aux autres arts : les tournoiements de Van Gogh ne me semblaient plus qu'arabesques charmantes, comparés à l'abîme de la réalité. Brusquement, je n'admettais plus, et encore, que les statues prostrées des Sumériens ou des Mexicains ; ou alors, comme une réponse, peut-être Chartres. Je m'imaginai parlant à Ponge et lui reprochant d'avoir un peu trop vite écarté de son chemin obscurité et vertige ; j'essayais de lui faire comprendre (comme s'il l'ignorait!) que notre présence à ce moment-là sur la terre, notre conversation (imaginaire) étaient des miracles si stupéfiants qu'ils nous autorisaient à imaginer n'importe quoi ; et un jour, lui disais-je, nous pourrions voir notre femme, devant nous, devenir torrent de flammes ou amas de cendres ; il suffirait de regarder la vie sous un certain angle pour sombrer définitivement dans l'épouvante.

Là-dessus, toujours demi rêvant, je m'en pris aux savants et aux philosophes pour les tourner en dérision ; les équations d'Einstein étaient sans doute admirables, les théories du père Teilhard, dont on venait de me parler, réjouissantes ; sublimes les systèmes de Platon, de Spinoza ou de Hegel ; mais la seule chose importante leur échappait toujours. Nous pourrions bien, dans la suite des temps, acquérir une connaissance de plus en plus précise de ce que l'on appelait autrefois les abîmes intersidéraux, l'abîme réel n'avait jamais été que figuré symboliquement par ceux-ci et aucune conquête de l'esprit ne l'avait jamais réduit, parce qu'il échappait à ces conquêtes, aux mesures et aux systèmes. J'en vins même à me dire que la considération simplement honnête et attentive du réel devait fatalement conduire à la folie ; que seule quelque habileté, quelque tricherie nous en préservait. Et cette pensée ne me fut pas agréable.

Plus tard, l'abîme prit la figure de la douleur ; je me reprochai d'avoir parlé de cadavres, dans la note qui précède, comme j'aurais parlé de fleurs, avec élégance et aisance (me consolant un peu à l'idée que toute une littérature, aujourd'hui, jongle ainsi avec le malheur) ; puis je pensai aux tableaux de Bosch et, là encore, je dus m'avouer qu'ils n'étaient qu'une farce, mesurés à la réalité d'une seule douleur ; que la vérité de la douleur était l'homme changé en bête, le rugissement, le bégaiement ou le cri de terreur ; je crus comprendre Artaud, mais, du même coup, son échec; car le rugissement écrit est déjà un mensonge.

Je continuais cependant à avoir peur devant cette espèce de haut échafaud glacé, devant cette immobilité silencieuse et vide. J'attendais avec impatience le déploiement des voiles, des toiles diurnes ; cela vint ; je vis tout d'un coup au-dessus des montagnes ces colorations féminines, cette douceur, cette incroyable grâce... mais cela ne me rassura pas. Cet extraordinaire changement de décor, l'entrée en scène de cette lumière écartant de son poing toutes les autres, de cette lumière qui n'est qu'un immense rideau, et ses prodiges immédiatement sur toute la terre, non, ce spectacle ne m'a pas rassuré, mais plutôt étonné davantage encore. Puis tout de même, j'ai cédé à tant de douceur, je me suis appuyé avec reconnaissance aux chaudes palissades du soleil.

Certes, le coup de gong de ce silence nocturne n'annonçait pas une vérité plus vraie que les tintements d'aucun matin ; tout ce que l'homme peut opposer à ces paniques banales m'est bien présent à l'esprit, et je n'ai pas oublié qu'au début de ce livre j'ai fait en passant l'éloge des graines et des choses les plus frêles. Mais il ne peut y avoir de système dans une tête encore vivante: il faut que tout y passe, les couleurs de la foudre, la douceur de l'amour, la légèreté et la chute; il faut que les contraires continuent à croiser leurs épées au-dessus des beaux arbres, illuminant les profondeurs de l'herbe et notre lit qui ne veut pas connaître la tranquillité.

Pour aujourd'hui, je ne raturerai pas davantage.

NOTE III

7 juin 1961... J'avais peur de relire ce livre après cinq ans, d'y découvrir trop de mensonges ou d'illusions: comme on hésite à regarder d'anciennes photographies, à revoir les lieux où la jeunesse étincela. Je suis soulagé maintenant de l'avoir pu faire sans tristesse. Si j'en avais le temps, je corrigerais certes plus d'une phrase; je le voudrais plus simple, moins sonore ou moins embarrassé selon les pages. Mais pour l'essentiel, je ne me dédirai pas, même si rien, aujourd'hui, ne me semble aussi facile qu'alors ; même si mon ignorance me paraît plutôt aggravée.

Je parlerai seulement d'un supplément d'expérience.

Les dernières lignes du livre datent de l'été 56. Dans l'automne qui suivit, j'écrivis plusieurs poèmes que la pensée de la mort, comme je l'avais souhaité, éclairait par instants. Mon éternelle inquiétude y chantait à voix plutôt basse. Puis je ne sais quoi tarit cette source, au moment précis où je croyais, tout au contraire, qu'elle allait jaillir indéfiniment, avec une force et une limpidité croissantes. Cette impossibilité d'écrire un seul poème non pas même admirable, bien sûr, mais simplement satisfaisant, sonnant juste, c'est-à-dire en quelque sorte accordé à ma vie, se prolongea quatre ans durant. Pourtant, les conditions matérielles que j'avais définies comme indispensables à la naissance du poème en moi : un minimum de loisir, de sérénité surtout, s'étaient trouvées mieux remplies que jamais à certains moments de ces années ; pourtant, j'avais une vue plus claire, après avoir écrit les pages précédentes, de ce que je rêvais de faire ; pourtant, surtout, je croyais avoir acquis, avec les derniers poèmes de L'Ignorant, *comment dire ? un ton, un rythme, un accent, une façon de maintenir le discours à mi-hauteur entre la conversation et l'éloquence. Sans que j'y misse aucune vanité, seulement une certaine joie, je pensais que ma vie avait bien été par moments telle que la disaient ces poèmes, une marche un peu tremblante, mais enchantée, un élan, dans la lumière mesurée des entre-saisons, des matins et des soirs ; et je croyais pouvoir me dire que, disposant désormais d'un instrument bien accordé et d'une technique, je devais me montrer avec moins de peine, moins de rechutes ou d'intermittences, meilleur interprète de la musique qui me guidait, pareille à ce chant du loriot dont un poète chinois a dit qu'il était toujours dans un bois plus lointain que le chanteur lui-même. Or, c'était le contraire qui se produisait : j'avais beau accumuler les débuts de poèmes, les ébauches, les notes, les fragments de mouvements, rien n'aboutissait. Je ne savais plus si j'étais malheureux de ce fait, ou si c'était d'être malheureux sans m'en rendre compte qui m'empêchait de retrouver l'ancien élan.*

Ainsi maintenu loin de la poésie comme par un enchantement maléfique (tout comme, dans les contes, on trouve d'invisibles obstacles défendant aux chevaliers l'accès des châteaux), je ne pouvais m'empêcher de me rappeler le château, de le désirer encore, donc d'essayer de ne pas trop m'en éloigner. Tout ce que j'ai écrit durant ces quatre années ne fut que pour éviter la perte d'un chemin, l'oubli d'une clarté ; ainsi marchai-je longuement dans une forêt à certains endroits fort épaisse, m'y arrêtant parfois comme quelqu'un qui, au bord d'une source, pleure, ou voudrait au moins pleurer, de n'y pas trouver la vision qui le désaltère. Dans toutes ces pages de prose qui, d'une certaine manière, font suite à ce livre-ci, j'avais l'impression décourageante, agaçante, d'être encombré de trop de paroles, de trop de pensées, de trop de doutes ; mais je ne pouvais m'empêcher de poursuivre, de persévérer dans ces détours : considérant avec chagrin l'obscurité grandissante qui finirait peut-être par effacer toute trace ; envisageant, pour la première fois, que l'on pût définitivement s'y perdre.

J'ai parlé longuement, dans ce livre, du rêve que j'avais fait, devant certains lieux, d'une poésie sans images, *d'une poésie qui ne fît qu'établir des rapports, sans aucun recours à un autre monde, ni à une quelconque explication ; comme mon regard, au cours d'un voyage en Corrèze, avait été touché par des eaux dans l'herbe,* « sans nom, sans histoire, sans religion ». *A ce propos, j'ai cité quelques exemples, tirés de la poésie occidentale, qui étaient encore loin de répondre parfaitement à un tel rêve. Si j'avais connu alors l'admirable ouvrage de R. H. Blyth sur le* Haiku *(que me signala, après lecture de la* Promenade, Jacques Masui, *à qui j'en reste reconnaissant), j'aurais été comblé presque à l'excès, au point de n'avoir presque plus rien à faire qu'à citer de ces brefs poèmes dont chacun eût montré, avec une modestie éblouissante, que ce à quoi j'aspirais confusément existait déjà, avait existé dans un lieu et un temps donnés, au sein d'une civilisation précise, en se fondant sur une pensée formulable encore que jamais suffisante. J'aurais eu alors la preuve de ce que je pressentais aussi, qu'une telle transpa-*

rence, qu'une réduction si souveraine à quelques éléments, ne pouvaient être atteintes qu'au sein d'un état donné dont j'avais d'ailleurs vaguement dessiné les contours : grâce à l'effacement absolu du poète, grâce à un sourire, une patience, une délicatesse fort différentes de celle que le christianisme a enseignée au moyen âge occidental.

*

En même temps que je me débattais encore dans la forêt des pensées, dans l'obscurité de l'inquiétude, impatient de me voir ainsi retomber dans les jérémiades à quoi excellent nos contemporains, je découvrais ces poèmes légers sans être jamais angéliques, lumineux d'une lumière terrestre ; et j'avais, en les lisant, l'impression de guérir d'une maladie qui m'eût sans doute conduit à la mort spirituelle. Le plus remarquable dans cette découverte me paraissait son immédiateté ; le fait que je n'avais besoin, la plupart du temps, d'aucun effort pour me retrouver contemporain des poèmes que je lisais. Il ne s'agissait nullement de ce retour aux sources dont je n'avais pas voulu, de la nostalgie du sacré qui me saisissait devant les œuvres égyptiennes, ni même de l'attente dont a vécu Hölderlin. Il n'était pas non plus question de se convertir à l'orientalisme, de commencer l'étude du zen, de respirer à la manière des yogis ; enfin, de changer quoi que ce fût de visible à ma vie. Simplement, je ne pouvais pas ne pas comprendre que tout était de nouveau là, tout proche, accessible à la plus dénuée des âmes, dans la plus monotone ou la plus difficile des existences : que tout redevenait possible ; que l'accès du château m'était rouvert, maintenant que j'avais deviné qu'il ne s'agissait pas d'un château, et que les mots mêmes de chemin, d'accès, de recherche, *avaient pu m'égarer.*

*

Je ne crus pas néanmoins, pour avoir lu le livre de Blyth, que j'avais retrouvé la « clef du festin ancien », ni ne pensai un instant à imiter le genre du haïku. Mais, quand j'eus terminé les textes de prose dans lesquels s'étaient déposés au cours de ces quatre années tous les éléments de mon incertitude, il dut se produire en moi, sans que je m'en rende compte aussitôt, une décan-

tation ; je voulus alors recommencer de parler à une personne devant qui je pensais m'être tu trop longtemps, et que mes tristes récits pouvaient avoir effrayée ; je désirai lui faire sentir, mais comme par jeu, sans y attacher beaucoup d'importance et tout à fait entre nous, que ces récits ne disaient pas toute la vérité, que je n'étais pas aussi perdu qu'ils le laissaient croire. Les fêtes de Noël approchaient, le jardin était plein de violettes, l'hiver plus limpide qu'aucun de ceux que nous avions vécus dans cette campagne. Je ne voulus écrire qu'un petit poème de circonstance, comme on en improvise pour un mariage. Alors, dans ces merveilleux mois, s'avéra brusquement ce que j'avais pressenti dans la Promenade, *puis oublié : qu'« en fin de compte, il valait mieux ne pas trop s'appesantir » ; que les vérités poétiques étaient faites « pour le regard prompt et bientôt détourné d'un oiseau sans poids ».*

J'obtins ainsi, pendant plusieurs semaines, de ne plus faire obstacle à la lumière extérieure ; j'éprouvai le bonheur d'une renaissance. Mais je n'eus pas la sagesse de la tenir secrète : j'étais trop heureux, trop rassuré, trop plein d'un nouvel espoir. Et de nouveau, tout fut perdu, je ne sais pour combien de temps : le temps, peut-être, que je cesse d'y penser.

*

La poésie est donc ce chant que l'on ne saisit pas, cet espace où l'on ne peut demeurer, cette clef qu'il faut toujours reperdre. Cessant d'être insaisissable, cessant d'être douteuse, cessant d'être ailleurs (faut-il dire : cessant de n'être pas?), elle s'abîme, elle n'est plus. Cette pensée me soutient dans les difficultés.

*

Plus personne aujourd'hui, de peur d'être ridiculisé, n'ose parler d'inspiration ou de muse. Il ne me déplaît pas pourtant de comparer à une femme invisible et plus sage que moi cette réalité, cette force, ce souffle qui, lorsque je m'en approche, ou lorsque nous nous rencontrons, commande le choix de mes mots, mesure leur débit, agence leurs rapports. Qu'y puis-je, si c'est là mon expérience la plus nette, la plus profonde ? Je ne respire qu'oublieux de moi. C'est le triste souci de ma peau qui m'empêche d'être un vrai poète.

TABLE

La vue et la vision 11

Exemples

L'habitant de Grignan 47
Le jour me conduit la main 53
L'approche des montagnes 57
Sur les pas de la lune 69
Nouveaux conseils de la lune 75
La rivière échappée 85
La promenade sous les arbres 95

Remarques sans fin 103
Note I 135
Note II 136
Note III 140